尋覓張愛玲

吳邦謀 編著

尋覓張愛玲

編　　著	吳邦謀	
插　　畫	李志清	
責任編輯	蔡柷音	
裝幀設計	黃鑫浩	
出　　版	商務印書館（香港）有限公司	
	香港筲箕灣耀興道 3 號東滙廣場 8 樓	
	http://www.commercialpress.com.hk	
發　　行	香港聯合書刊物流有限公司	
	香港新界大埔汀麗路 36 號中華商務印刷大廈 3 字樓	
印　　刷	美雅印刷製本有限公司	
	九龍觀塘榮業街 6 號海濱工業大廈 4 樓 A 室	
版　　次	2020 年 6 月第 1 版第 1 次印刷	

© 2020 商務印書館（香港）有限公司

ISBN 978 962 07 4601 7

ISBN 978 962 07 4609 3（毛邊本）

Printed in Hong Kong

序 一

　　張愛玲是二十世紀中國文學史上的傑出作家。進入二十一世紀以來，「張學」研究已比上一世紀更為深廣地展開，張愛玲文獻學也已取得長足的進展。那麼，吳邦謀兄這部新著為何還要取名《尋覓張愛玲》呢，他還在「尋覓」甚麼呢？

　　在我看來，《尋覓張愛玲》其實是一部別致的張愛玲簡傳，由簡練明快的文字與豐富生動的圖像資料組成的一部圖文並茂、相得益彰的張愛玲簡傳。在這部篇幅不大的書中，邦謀並不依照時間順序，也不平鋪直敘，而是把他多年來辛苦蒐集的各種鮮見的張愛玲書刊資料，按照他對張愛玲其人其文的理解精心編排和解讀。或可這樣說，邦謀所孜孜「尋覓」和處理的，正是至今尚未關注、未能解決或仍然存在爭議的「張學」研究上一些有趣乃至重要的問題。

　　從這個角度閱讀邦謀這部新著，就不難發現書中亮點甚多，不妨略舉幾例。最奪人眼球的，莫過於他對張愛玲中學母校——上海聖瑪利亞女校 1932 年年刊《鳳藻》的評述。1990 年初，臺灣春暉影業公司來滬拍攝《張愛玲》文獻紀錄片。我陪同導演雷驤先生到上海市檔案館拍攝有關資料時，在這本《鳳藻》中文之部上發現了張愛玲的短篇小說真正的「處女作」〈不幸的她〉，並在 1995 年 9 月初張愛玲逝世後公之

於世。但當時由於倉促，未及翻閱該刊英文之部，以至張愛玲初中一年級時所寫的短小的英文作品 The School Rats Have a Party 成了漏網之魚。將近三十年之後，邦謀兄有幸覓得這本《鳳藻》，終於發掘了這篇目前所知張愛玲最早刊登的英文作品，彌補了我當年的疏漏，不能不令我十分高興。邦謀把張愛玲的英文寫作時間提前了整整五年，張愛玲的創作史，因邦謀的這個發現而又要重寫了。

又如書中對張愛玲與香港關係的細緻梳理。張愛玲先後在香港生活的三個時期，即 1939-1942 年、1952-1955 年，以及 1961-1962 年的短暫旅居，在其生活史和創作史上都佔着不容忽視的位置。就重要性而言，可能僅次於她的出生地上海。《尋覓張愛玲》中以相當篇幅討論張愛玲的香港生活，顯然具有深意。邦謀寫了〈張愛玲在港大〉等文，較為全面地討論張愛玲在香港大學的學習、師承、交遊和香港生活對其創作的影響，同時配以大量珍貴照片，甚至還有 1940 年代初的香港銀行存款單、電費單、「人力車商組合收條」等，力求盡可能地回到「歷史現場」。

除此之外，邦謀還在充分吸收和綜合已有的張愛玲研究成果的基礎上，對張愛玲應出生於 1920 年 9 月 30 日（農曆 8 月 19 日）從中西曆換算角度進行確認，運用劇照、廣告、說明書、試映入場券等再現

張愛玲創作的電影《不了情》、《太太萬歲》上演盛況,等等,都可圈可點。即便對學界有不同看法的,如「霜廬」是否張愛玲的筆名,邦謀也根據他所掌握的史料作了介紹,以供讀者進一步思考。

總之,邦謀以數年心血「尋覓張愛玲」,大有收穫,這本《尋覓張愛玲》就是他不斷四處苦心「尋覓」的可喜成果。值此張愛玲一百週年誕辰來臨之際,《尋覓張愛玲》一書的問世,更是對張愛玲別具意義的紀念。我相信,本書不僅對張愛玲愛好者走近張愛玲有所助益,對研究者更深入地探討張愛玲也有所啟發。

兩年前在香港新亞書店,由蘇賡哲兄介紹結識邦謀兄。當時只知他是香港機場史料的收藏家。而今他又以《尋覓張愛玲》一書引人注目,故我樂於為之作序,並祝他在「尋覓張愛玲」的長途上繼續前行。

陳子善

華東師範大學中文系教授

2020 年 5 月 26 日於海上梅川書舍

序二

　　細讀吳邦謀先生的新書，其中一篇文章〈張愛玲與港大〉讓我留下了非常深刻的印象。吳先生透過文字及各種收藏品的圖片介紹張愛玲與香港大學的傳奇故事，他的文筆細膩，行文流暢，更配以他收藏多年的稀有文獻及藏品，令我對港大歷史及張愛玲的生平加深了認識。吳先生是一名特許電力工程師，但他竟可以寫下這本與文學研究相關的書籍，而且可讀性甚高，非常佩服！

　　〈張愛玲與港大〉提及香港大學的成立及三個最早期的學院 —— 工程、醫學及文學學院的誕生經過，更提到何啟爵士，令我更加了解何啟與港大成立的點滴。提起何啟，自然想起他和區德於九龍城捐資興建啟德機場的故事，其實這只是一個美麗的誤會，但他的名字至今仍勾起港人回憶昔日的啟德機場。

　　只有十八歲的張愛玲，在港大登記入學時按學校要求需有一名本地監護人，初時以為此監護人不是文化學者，便應是教育學家，原來竟是一名註冊工程師。這位名叫李開第的工程師日後更與張愛玲的姑姑張茂淵破除了禮俗成見，兩人以七十八歲高齡共諧連理，共尋真愛，令人感動！

本人誠意推薦吳邦謀的新著《尋覓張愛玲》給所有讀者及朋友，謹此祝願他的新作出版成功，一紙風行！

關景輝

香港大學工程舊生會前會長

香港機場管理局前工程及科技執行總監

2020 年 1 月 18 日

序 三

「衣服是一種言語，隨身帶着的一種袖珍戲劇」，「他們只能夠創造他們貼身的環境 —— 那就是衣服。我們各人住在各人的衣服裏。」在七、八十年前的中國社會能出現這麼前衛的文筆，這就是我們熟悉的張愛玲。

記得於八十年代看過周潤發、繆騫人主演的電影《傾城之戀》，也看過張愛玲的原作，記得白流蘇、范柳原等名字。雖然現在已對內容沒有很深刻的印象，但由於故事主要發生在香港境內，很多地方如淺水灣酒店、香港大學校園、巴丙頓道等，看起來特別有親切感。在七、八十年代，除了看金庸、古龍的武俠小說外，閱讀張愛玲的小說都是很多朋友的消閒興趣。當時有很多出名的小說作家如三毛、亦舒、倪匡等。

收到詹士兄向我提出寫序的邀請，實在有點摸不着頭腦。一直以為他只醉心航空及飛行發展歷史及相關收藏，跟文學作品可謂南轅北轍，他怎麼會寫一本關於張愛玲的書籍呢？及後從他口中了解到他同時鍾情於收藏一些關於香港文學發展歷史的資料，特別是張愛玲跟香港大學有莫大關係。從他提供的資料才得悉張愛玲在香港大學文學院學習與成長的一點一滴，以致她於 1942 年發表的重要作品如《傾城之

戀》、《紅玫瑰與白玫瑰》、《金鎖記》等等。張愛玲不論出身、衣着、著作及其處身於當年的動盪時代，都造就了她成為文學界的百年傳奇。

　　詹士兄能將他收藏的興趣不斷發展，特別將香港開埠至今的點點滴滴，不論是機場歷史、飛機及航空業的演變，至今天收集的文學發展資料公諸於世，使讀者能以另一角度探討這位傳奇人物 —— 張愛玲。我誠意推薦各位細味書中內容，可能對香港大學又多一層認識。

湯遠敬

香港機場管理局工程及維修總經理

2020 年 2 月 20 日

序 四

　　執筆於 2020 年 2 月上旬，正值全國疫症肆虐。坐困之際，不免思潮起伏，百感交集，感嘆世之無常，人之無力。

　　感謝邦謀邀寫小序一則，也來聊寫幾行文字，只是班門弄斧，抒一下情懷。

　　張愛玲 1943 年寫了一篇《封鎖》，令胡蘭成讀後傾心不已，更主動登門拜訪。他們一見如故，張愛玲對胡蘭成的愛的表白，耳熟能詳，令人動容：「見了他，她變得很低很低，低到塵埃裏，但她心裏是歡喜的，從塵埃裏開出花來。」

　　想不到，高傲如張愛玲，會如此傾倒在胡蘭成的長衫之下。一笑！

　　《封鎖》成就了他們的婚姻，一段只維持了兩三年的婚姻，說是短暫嗎？如果是激情互愛的，也就值了，也就不枉此生了！

　　《封鎖》裏面一男一女兩位主角，那一剎那、似有還無、有點錯摸的霧水情緣，描述了男尊女卑、捉迷藏式的兩性關係。當中種種元素，

或多或少，恰恰就好像把張愛玲跟胡蘭成的現實版演活起來。這或許是命運的巧合也說不定。

祝邦謀新作一紙風行通天下！

康妮

康妮・虞

2020 年 2 月上旬

序 五

　　對於在上海成名的張愛玲而言，香港是一座羈絆很深的「她城」。她一生曾三次在港居留，香港大學是她最初創作的起步點，既是造就她「天才夢」的一個啟蒙之地，又是她創作小說及散文之聖地，港大與她一生之淵源，永不分割。香港的淺水灣、太平山、北角，已成張愛玲點點滴滴的生活回憶，悠悠記載於小說與散文中。筆下的是她當時的所見所聞，見那時香港社會的面貌、人與物的風情。神遊其文字間，不免又興起對香港當年景貌的神往。

　　看到張愛玲在作品中記載一生的人與事、苦與樂，一生奉獻給文學界的精神與生命力，實在令人動容。她創作的每一部極具影響力的作品，留給讀者眾多念念不忘的回憶。如此讓世人稱道的女作家、女漢子，經歷水深火熱的生活境況，仍能屹立不倒、堅毅不屈堅定地走着她那創作之路，她的寫作人生，最終被世人公認她在中國文學上的崇高地位，讓世人敬佩萬分。

感謝吳邦謀先生邀請本人撰寫序言,在此冀盼親愛的讀者多多支持吳先生的新著《尋覓張愛玲》,同時推薦給其他讀者細味欣賞。謹此祝願新作出版成功,一帆風順,一紙風行!

吳凱程

張愛玲的讀者

2020 年 2 月 2 日

自 序

我不忍看了你的快樂，更形我的凄清！

別了！人生聚散，本是常事，無論怎樣，我倆總有蘊着淚珠撒手的一日！

〈不幸的她〉，張愛玲 1932

張愛玲三歲背誦唐詩，七歲撰寫小說，八歲繪畫作圖，十一歲發表小說，上述佳句便是出自她寫於 1932 年的處女之作〈不幸的她〉。該篇全文字數不超過 1,270 字的短篇小說，是她在十一歲，正就讀於上海聖瑪利亞女校初中一年級時創作的。她投稿到學校的畢業年刊《鳳藻》上，初試啼聲，一鳴驚人！一篇〈不幸的她〉道盡了世態炎涼，人情冷暖，盡顯她少年孤冷的思想性格及超卓的寫作才華。

張愛玲的文學作品篇篇錦繡，字字珠璣，言簡意深，凝練有力。筆者細味〈不幸的她〉的字裏行間，偶然發現數本刊有該篇小說的參考書籍中內文的句子竟有差異，例如在尾後第四段的一句：「我倆總有蘊着淚珠撒手的一日！」，普遍寫成「我們總有藏着淚珠撒手的一日！」，也有寫成「我倆總藏着淚珠撒手的一天。」孰真孰假，竟沒有一個肯定答案。

為尋求張愛玲〈不幸的她〉的原文，筆者多年來遍訪中國及海外等地的舊書店、古物鋪、舊書網、拍賣店及拍賣網，結果都是空手而回。最後，皇天不負有心人，在籌備及撰寫這本《尋覓張愛玲》期間，「祖師奶奶」張愛玲像顯靈般在年半前真的給我機會讓我遇上〈不幸的她〉。一位網上專賣二手書的中年店員，拍攝了數張《鳳藻》的書影給我，說明那是一本裝幀美觀、以英文為主的畢業年刊，內容包括學校概覽、學生留言、合照圖片和文章分享等等，可惜中文部分缺了數頁。

　　筆者隨即詢問該店員那本《鳳藻》是甚麼年份出版，他即時回應是 1932 年 6 月，當時得知這年份正是張愛玲入讀聖瑪利亞女校初中一年級的時候。再向店員查詢，並要求他拍幾張中文目錄及有關文章的照片給我，一天過後收到他傳來的圖像，筆者頓時目瞪口呆，張愛玲那篇〈不幸的她〉處女作完完整整就在其中。最後洽購成功，這本《鳳藻》年刊成為我的珍貴收藏品之一。在「有刊有真相」之下，〈不幸的她〉中那一句「我倆總有蘊着淚珠撒手的一日！」，才得以證實是張愛玲的原創字句。

　　適逢 2020 年是張愛玲百歲誕辰，為紀念「祖師奶奶」這重大日子，筆者將超過二百件有關張愛玲的藏品，以圖文並茂形式來介紹給各讀者，部分稀有藏品更是首次曝光，包括 1932 年《鳳藻》孤本刊有張愛玲處女作〈不幸的她〉和 The School Rats Have a Party（校鼠派對）、1944 年張愛玲首本小說集《傳奇》、1939 年獲取榮譽獎的《天才夢》單行本、1947 年電影《不了情》的稀有試映戲票及 1952 年至 1955 年張愛玲翻譯《老人與海》的初版至三版舊著等等。

　　為加強本書封面及插畫部分，幸獲香港著名畫家李志清先生的鼎

力支持，破天荒繪畫數張有關張愛玲的作品放在書上，令本書精彩絕倫，特別在此向清哥衷心致謝。

特別鳴謝陳子善教授賜序，令此書生色不少，更令本人獲益良多，借此機會向陳教授致萬二分感謝。香港大學工程舊生會前會長及香港機場管理局前工程及科技執行總監關景輝先生，以及香港機場管理局工程及科技總經理湯遠敬先生慷慨賜序，致衷心感謝。還有內子淑貞及小女凱程的序言及支持，是給我最好的鼓勵。

《尋覓張愛玲》能夠順利出版，有賴商務印書館（香港）有限公司董事總經理葉佩珠小姐、總編輯毛永波先生和編輯蔡柷音小姐的協助及幫忙，謹此致謝。承蒙各位學者、前輩、讀者及朋友的厚愛及支持，書中若有任何謬誤或遺漏之處，尚祈各位不吝指正。

吳邦謀

吳邦謀

2020 年 2 月 22 日

前記　摩擦力與小說

　　記起初中讀書年代，老師首次在物理學科介紹「摩擦力」
（friction）的物理現象，當時初次認識這個新名詞時一知半解，只能
從其定義去分析，並多做練習題目增進了解。摩擦力的定義是一個物
體在另一個物體表面上滑動或將要滑動時，這兩個物體在接觸面上會
產生阻止相對運動的作用力。筆者在這似易實難的力學基礎理論下，
利用物理數據來計算出摩擦力對物體相對的移動速度、能量及熱能釋
放等等的影響。經過多番努力，這經典力學一科的重要考試關口順利
通過。

　　當時會到圖書館和書店找尋有關摩擦力的書籍作參考。在書櫃分
類架上，常看到一個與摩擦力的英文串法及讀音相似的單字，它便是
「小說」（fiction），當下引起我莫大的興趣，很想認識小說是甚麼？為
甚麼虛構的故事竟能吸引眾多讀者閱讀及談論？這些都與事事以科學
為實的技術叢書大相逕庭。為尋求答案，筆者除修讀電力工程及技術
科目外，課餘更嘗試閱讀文學書籍，步上「左文右武」的研究道路。

　　香港文學巨匠劉以鬯曾認為「fiction」有兩個基本釋義，一個是虛
構，另一個是小說。小說是通過藝術形式來反映現實生活，小說作者
在創作小說之前有必要體察及認識生活，將收集的素材加以選擇與提

煉，展開想像及塑造藝術形象，使虛構的人物與事件比真實生活更真實。張愛玲便是一個好例子，她的作品彷彿就是她的經歷、她的傳奇、她的故事。她說過她不認識的、不清楚的、不明白的題材，她不會寫。

張愛玲了解讀者是小說的接受主體；也是小說的欣賞主體。所以她的長篇、中篇、短篇以及不同題材的小說，都會吸引不同年紀、性別、興趣的讀者。讀者欣賞她的小說時，各有各的觀點，各有各的喜惡。有人喜歡《傾城之戀》、有人欣賞《十八春》、有人偏愛《色，戒》、有人喜愛《沉香屑 —— 第一爐香》、有人迷戀《封鎖》、有人酷愛《金鎖記》、有人鍾情《紅玫瑰與白玫瑰》……

由此可見，讀者鑒賞張愛玲的小說，各有各的喜厭，差異很大，很難產生一致的共識。但張愛玲的作品至今仍吸引兩岸四地及歐美加澳數以千萬計的讀者，「張迷」、「張學」及「張腔」等等紛紛出現在世界各地，「張愛玲現象」更是文學上無法迴避的書寫主題。

筆者雖為六十後，無緣一遇張愛玲，但對張愛玲的作品高度欣賞，研究之餘並以收藏有關她的著作及文獻為樂。張愛玲生於 1920 年，卒於 1995 年，2020 年剛好是張愛玲百歲誕辰，亦是她逝世 25 週年，筆者希望藉着這 30 篇拙文及超過 200 件藏品，來分享張愛玲的百年傳奇，以紀念文壇上這朵永遠不凋之花。

目　錄

面團々的，我自己都不認識了。但是不是我又是誰呢？

李志清作品

張愛玲兒時的樣子。

圖上的句子引自《對照記》（1994年出版）中張愛玲對
相片的描述。

愛玲，俗不可耐的名字

張愛玲文筆出彩，作品流傳久遠，跨世代的經典名句，亮起我們看不到的內心深處，點出我們說不出的萬種風情。她撰寫的小說、劇本及畫作等等，都令每個喜歡她的讀者如癡如醉，直觸他們心窩最深最底之處。曾有人在坊間統計張迷的數量，全球的讀者已達三千多萬人，堪稱文學奇蹟！張迷、讀者、張學研究者的人數每天都在增加，他們對張愛玲的作品、文字、畫作不離不棄，不斷追溯她的傳奇故事。

不凋之花

張愛玲出身名門，家世顯赫。祖父是清末名將張佩綸，祖母是晚清重臣李鴻章之長女李菊耦，李鴻章就是張愛玲的曾外祖父。1920 年 9 月張愛玲在上海一座仿西式的大宅出生，該座大宅是李鴻章送給長女的嫁妝。表面看來，張愛玲應該生長在一個既富裕又幸福的大家庭裏，但事實上她的童年並不愉快，且留下了不可磨滅的回憶。

張愛玲的父親張志沂，又名張廷重，是張家大少爺；母親黃素瓊，

後改名黃逸梵，是名門望族大小姐。黃逸梵的祖父黃翼升是清末長江七省水師提督。1915 年被外間稱為金童玉女的兩人簽下婚書，走上人生另一道路。1920 年 9 月，那棟上海舊式洋房裏，一個女嬰呱呱落地。在洪亮的嬰啼哭聲中，這個根連三大顯赫家庭的女嬰，彷彿向世人宣告她的獨特身分，及即將見證的新時代。

張愛玲生於顯赫的家世與名士門風下，但活在動亂的時代，眼看沒落滄桑，身歷無常冷暖。她將種種沉浮經歷，轉化成令人驚豔與嗟嘆的文字，創造了百年傳奇，成為文壇一朵永遠不凋之花。

名稱的來源

創作多部膾炙人口的武俠小說作家查良鏞，筆名「金庸」，取自「鏞」字一開為二，他的另一個筆名「姚馥蘭」則從英文字句「Your friend」音譯過來。那麼張愛玲這個易記易讀的名字，是真名抑或筆名？是否亦從英文音譯過來？

張愛玲原名張煐，由父親張廷重命名。「煐」的讀音是英，部首是火，多用作人名，沒有特別意義。但張愛玲的母親黃逸梵卻不太喜歡，因名字不太響亮，一點都不像女孩的稱呼。黃逸梵曾出國留洋學畫，是一個新派及有新思想的女性，與丈夫張廷重的傳統性格及觀點南轅北轍。

張愛玲是一個天才兒童，現今可稱為尖子，四歲跟私塾先生學習，七歲開始創作第一部小說。十歲的時候，母親主張送她進學校求學問，但父親不大接受，最後母親像拐賣人口般硬把她送到學校去。在填寫入學證的時候，由於黃逸梵不喜歡「張煐」這個名字，索性改一

張愛玲本名張煐，Eileen 是她的母親黃逸梵在她入學登記時改的，以音譯為「愛玲」二字。1931 年入讀上海聖瑪利亞女校，在校登記的英文名是 Tsang Ai-Ling。圖為刊登在 1944 年《傳奇》再版上的作者玉照，當時不足二十四歲，正處花信年華，當時她已寫了不少吸引萬千讀者的作品。

個新名字，但她一時躊躇不知道填甚麼名字，最後她支着頭想了一會，「Eileen」這個英文名字突然浮現在她的腦海中，便索性以音譯成「愛玲」，若日後想到更好的名字才更改。張愛玲這個名字，就在她的母親情急下想出來。

惡俗不堪是為警告

名字不僅是一個人的稱呼、代表，甚至是終身符號，它還彷彿代表着一生的命運、事業、婚姻、健康和人際關係。俗語有話「唔怕生壞命，最怕改壞名」，一個真正的好名字，必須擁有深刻及深層的寓意，亦能體現一個人的社會層次，是人生的一面旗幟。大部分人的名字由父母或長輩決定，即使不好聽、不喜歡，也伴隨自己成長。而張愛玲對母親替她改的名字便曾以「惡俗不堪」這四個字來形容！若她那麼不喜歡，為甚麼不更改，而她的所有著作上都以這名字出版？

張愛玲在二十三歲時，撰寫了一篇散文名為〈必也正名乎〉，刊登在 1944 年 1 月出版的上海文學月刊《雜誌》第十二卷第四期，及後亦收錄於張愛玲的成名著作《流言》中，主要內文如下：

我自己有一個惡俗不堪的名字，明知其俗而不打算換一個，可是我對於人名實在是非常感到興趣的⋯⋯世上有用的人往往是俗人。我願意保留我的俗不可耐的名字，向我自己作為一種警告⋯⋯

張愛玲以〈必也正名乎〉為文章題目，出自《論語》卷七之子路第

十三章。「正名」一詞，是對一件事物採用正當合理的名稱。但她在行文似反諷論語所言：「名不正，則言不順；言不順，則事不成；事不成，則禮樂不興；禮樂不興，則刑罰不中；刑罰不中，則民無所措手足。」

張愛玲文中指需「設法除去一般知書識字的人咬文嚼字的積習，從柴米油鹽、肥皂、水與太陽之中去找尋實際的人生」、「要做俗人，先從一個俗氣的名字着手」，這個俗氣的名字便是「張愛玲」。最終她沒有更改自己的名字，基於欲留下母親為她取名字時，那一點難忘的兒時回憶。至今她的名字的名聲，無論是「張煐」，還是「Eileen Chang」，都遠遠不及「張愛玲」。

1995 年 9 月張愛玲於美國洛杉磯公寓逝世，享年七十四歲。友人依照她的遺願，在她生日那天將骨灰撒在太平洋，結束了她傳奇的一生。圖為 1995 年 10 月出版的《明報月刊》，以張愛玲為人熟悉的半身照加上大字標題「張愛玲不滅的傳奇」作封面，內載有各地的華人作家論述張愛玲的生平及其著作的文章。

1995 年 10 月《聯合文學》第 132 期，刊登了「最後的傳奇張愛玲」特輯。

1995 年 11 月《香港筆薈》第五期「永遠的張愛玲」特輯中，兩岸三地的作家撰文懷念張愛玲。

《傳奇》中的傳奇

呵，出名要趁早呀！來得太晚的話，快樂也不那麼痛快。

1944 年 8 月 15 日，上海「雜誌社」出版張愛玲的首部著作 ——《傳奇》初版，收錄中短篇小說共十篇，包括：《金鎖記》、《傾城之戀》、《茉莉香片》、《沉香屑 —— 第一爐香》、《沉香屑 —— 第二爐香》、《琉璃瓦》、《心經》、《年青的時候》、《花凋》及《封鎖》。小說集封面由張愛玲親自設計，近方形開本，封面、封底和書脊都用上她最愛的孔雀藍色。《傳奇》一經問世，迅即不脛而走，在短短四天之內已被搶購一空，創出當時上海現代文學出版歷史上的新紀錄。

孔雀藍

張愛玲最愛的顏色不是紅，亦不是黃，而是孔雀藍。

孔雀藍，英文稱作 peacock blue，是孔雀的羽毛顏色，藍中泛紫，成色悅人。在西方中古時代孔雀藍代表皇室的顏色，象徵高貴及優雅；

1944 年 8 月 15 日，張愛玲首本小說集《傳奇》初版本發行，封面
顏色是孔雀藍，由張愛玲設計。《傳奇》初版本創下了四天銷售一
空的紀錄，吸引了萬千讀者爭相購買。

在中國古代則受到佛教思想影響，代表智慧及明淨。

張愛玲非常看重自己這本著作《傳奇》，封面的左半部分除印有「傳奇 張愛玲著」六個黑色隸書大字外，封面其他位置、封底和書脊都是清一色的孔雀藍，非常矚目！

為甚麼張愛玲選孔雀藍作為封面顏色呢？這個問題一直令張學研究者及張迷困惑。直至 50 年後的 1994 年，張愛玲生前出版的最後著作《對照記 —— 看老照相簿》中，便談到母親對自己的影響，這個謎底才正式揭曉。

我第一本書出版，自己設計的封面就是整個一色的孔雀藍，沒有圖案，只印上黑色，不留半點空白，濃稠得使人窒息。以後才聽見我姑姑說我母親從前也喜歡這顏色，衣服全是或深或淺的藍綠色。我記得牆上一直掛着的她的一幅油畫習作靜物，也是以湖綠色為主。遺傳就是這樣神秘飄忽 —— 我就是這些不相干的地方像她，她的長處一點都沒有，氣死人。

《傳奇》存世量稀有，一直以來深受兩岸三地的收藏家及張迷垂青。此書曾出現數個不同版本，包括初版、再版和增訂本，亦有偽版、盜版或偷印本出現。當時坊間的《傳奇》有真有偽，部分魚目混珠以較平價格出售。普通人從書的封面上不易分辨，每每不是正版的《傳奇》的銷量反而比正版為高，令正版發行商非常不滿。1944 年 9 月 25 日，《傳奇》再版本由「雜誌社」發行，而「出名要趁早呀！」這句膾炙人口的張愛玲名句，就是出自小說《傳奇》再版中的一文〈再版的話〉。

《傳奇》初版本一經發表便轟動上海文壇，一個多月後即 1944 年 9 月 25 日，雜誌社發行《傳奇》再版本，封面由張愛玲的好友炎櫻設計，以古綢緞上盤了深色雲頭，以紅字黑背景襯托。

《傳奇》1944 年 9 月 25 日再版本，疑為偷印本或盜版本，封面上的綢緞及雲頭設計均抄襲原版，而顏色從原來紅色轉為白色，而底色則從黑色換以綠色。

1945 年 2 月 15 日，一本號稱由雜誌社出版的《傳奇》第六版，其實是偽冒版。同樣以炎櫻的設計作封面，綠色背景換了鮮豔紅色，感覺比正版還吸引，但印刷質量則差很多。

《傳奇》增訂本

1946 年 11 月，《傳奇》增訂本由山河圖書公司出版，該出版社由龔之方與唐大郎創辦。增訂本由上海著名書法家鄧散木（又稱鄧糞翁或鄧鐵）題簽。封面是張愛玲請炎櫻設計的，「借用了晚清的一張時裝仕女圖，畫着個女人幽幽地在那裏弄骨牌，旁邊坐着奶媽，抱着孩子，彷彿是晚飯後家常的一幕。可是欄杆外，很突兀地，有個比例不對的人形，像鬼魂出現似的，那是現代人，非常好奇地孜孜往裏窺視。如果這畫面有使人感到不安的地方，那也正是張愛玲希望造成的氣氛。」

1946 年 11 月，《傳奇》增訂本出版。

增訂本刪去再版序〈再版的話〉，寫了新的序言〈有幾句話同讀者說〉，當中說道：「《傳奇》裏新收進的五篇，《留情》、《鴻鸞禧》、《紅玫瑰與白玫瑰》、《等》、《桂花蒸 阿小悲秋》，初發表的時候有許多草率的地方，實在對讀者感到抱歉，這次付印之前大部分都經過增刪。還有兩篇改也無從改起的，只好不要了。」《傳奇》增訂本裏，還有一篇作為跋的散文〈中國的日夜〉。但她在序言所說：「還有兩篇改也無從改起的，只好不要了。」究竟這裏所指的是哪兩篇文章呢？

《傳奇》增訂本版權頁。上方可見張愛玲的紅色鈐印。

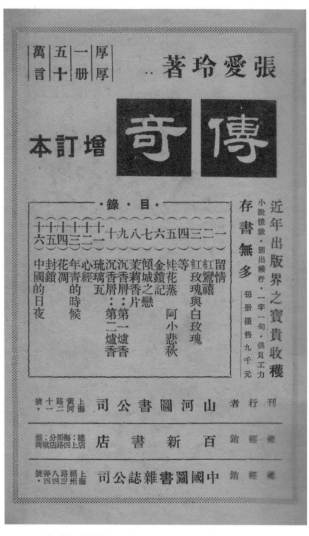

上海《大家》雜誌上《傳奇》增訂本的廣告，印有目
錄，列出 16 篇小說的名稱。

消失的兩篇文章

對照一下初版與增訂本的篇目，發現沒有去掉任何一篇。可見，張愛玲所說的那兩篇文章不是指《傳奇》初版裏原有的文章，而是可能指出版以前所寫的。估計其中一篇是 1944 年 1 月起在《萬象》雜誌上連載了六期，後來中斷的小說《連環套》。

同年 12 月張愛玲發表在散文集《流言》中的散文〈自己的文章〉曾寫下：「至於《連環套》裏有許多地方襲用舊小說的詞句 —— 五十年前的廣東人與外國人，語氣像《金瓶梅》中的人物；賽珍珠小說中的中國人，說話帶有英國舊文學氣息，同屬遷就的借用，原是不足為訓的。我當初的用意是這樣：寫上海人心目中的浪漫氣氛的香港，已經隔有相當的距離；五十年前的香港，更多了一重時間上的距離，因此特地採用一種過了時的辭匯（編註：原文用字）來代表這雙重距離。有時候未免刻意做作，所以有些過分了。我想將來是可以改掉一點的。」

另外的那一篇，估計是《創世紀》了。1976 年，張愛玲在《〈張看〉自序》裏這麼說道：「同一時期又有一篇《創世紀》寫我的祖姨母，只記得比《連環套》更壞。她的孫女與耀球戀愛，大概沒有發展下去，預備怎樣，當時都還不知道，一點影子都沒有，在我這專門愛寫詳細大綱的人，也是破天荒。自己也知道不行，也腰斬了。戰後出《傳奇》增訂本，沒收這兩篇。從大陸出來，也沒帶出來，也沒想到三十年後陰魂不散，會又使我不得不在這裏作交代。」此兩篇未完成的小說最後收錄在 1976 年出版的小說合集《張看》。

1954 年 7 月，香港天風出版社將《傳奇》增訂本的內文以另一書

名《張愛玲短篇小說集》出版，該書共收錄了張愛玲的中短篇小說 16 篇：《留情》、《鴻鸞禧》、《紅玫瑰與白玫瑰》、《等》、《桂花蒸 阿小悲秋》、《金鎖記》、《傾城之戀》、《茉莉香片》、《沉香屑 —— 第一爐香》、《沉香屑 —— 第二爐香》、《琉璃瓦》、《心經》、《年青的時候》、《花凋》、《封鎖》及〈中國的日夜〉。1968 年 7 月，台北皇冠出版社亦以《張愛玲短篇小說集》書名發行《傳奇》增訂本的中短篇小說，直至八十年代初開始，以新名《張愛玲小說集》取代。

驚人的拍賣價

近幾年多了內地人成為張迷，加入書籍拍賣行列，每當有任何一個版本的《傳奇》出現在拍賣市場，成交價都比上一次創新高。

2018 年 8 月，北京德寶國際拍賣公司在首都圖書館內舉辦夏季古籍文獻拍賣會。此次拍賣品非常吸引，除包括《四庫全書》樣稿、周叔弢批校本、名人信札、元代佛經、明清精刻、碑帖精拓外，還有張愛玲首本著作《傳奇》初版簽名本及其餘三種版本首次上拍。該次夏拍吸引了不少收藏家、古籍愛好者及張愛玲粉絲前去競投。《傳奇》由 6 萬元人民幣起拍，經幾番激烈競價，最終以 10 萬元落槌，價格令人咋舌！

1954 年 7 月，首本張愛玲的著作《張愛玲短篇小說集》在香港面世。由天風出版社推出香港市場發售，內文完全翻印《傳奇》增訂本的內容，結果大受歡迎。

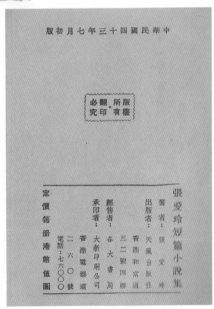

1968 年 7 月開始，台北的皇冠出版社發行《張愛玲短篇小說集》（左上），內容為《傳奇》增訂本的中短篇小說，直至八十年代初開始，以新名《張愛玲小說集》取代。

收錄〈不幸的她〉的孤本《鳳藻》

　　這幾十年來，堪稱海外孤本、收錄 1932 年張愛玲處女作〈不幸的她〉的聖瑪利亞女校（St. Mary's Hall）年刊《鳳藻》（*The Phoenix*）第 12 期，其廬山真面目從未在任何印刷品出現。本人雖然專門收藏張愛玲的著作、圖片及文獻等物品十數年，但搜尋《鳳藻》多年仍未有所得，心有遺憾，只相信書緣未到，唯望將來有天有緣碰上。在籌備及撰寫本書期間，「祖師奶奶」像顯靈般知我所想，知我所需，真的給我一次黃金機會，讓我遇上這孤本，最後將它平安帶回家。適逢 2020 年是張愛玲百年誕辰及逝世 25 週年，獨樂不如眾樂，希望跟各位讀者分享這篇拙文及小說〈不幸的她〉的原貌，以紀念這位傳奇人物。

　　張愛玲於 1931 年秋入讀上海著名的美國教會女子中學 —— 聖瑪利亞女校，1937 年夏畢業，完成為期六年的中學教育。聖瑪利亞女校源於 1881 年創辦的聖瑪利亞書院，是美國聖公會在華創辦的教會學校，前身是 1851 年創辦的文紀女校和 1861 年創辦的俾文女校合併而成。聖瑪利亞女校為上海一所女子貴族教會學校，學費昂貴，儘管如此許多中產階級以上的家庭，仍以能將自己的女兒送進該校為榮。與

很多教會學校一樣，聖瑪利亞女校重視英文，輕視中文，按照美國傳統教學法，並傳授西方禮儀、社交知識等。學生都能說一口流利的英語，但中文卻令人失望。然而，在這樣的環境下，卻誕生了一位才華橫溢、蜚聲文壇的一代女作家。

僅兩本存世

張愛玲的處女作〈不幸的她〉在就讀聖瑪利亞女校期間發表，刊於 1932 年 6 月學校年刊《鳳藻》第 12 期。「鳳藻」比喻為華美的文辭，唐代詩人楊夔的《送張相公出征》中有「援毫飛鳳藻，發匣吼龍泉」；李白的《夏日諸從弟登汝州龍興閣序》中寫下「當揮爾鳳藻，挹予霞觴」；宋代史學家司馬光在《稷下賦》中亦有「惜夫美食華衣，高堂閑室，鳳藻鷗義，豹文麇質」的美句。校刊《鳳藻》的英文名字為 *The Phoenix*，寓意「鳳凰火中重生」。傳說鳳凰是人世間幸福的使者，每五百年就要背負積累於人世間的所有不快和仇恨恩怨，投身於熊熊烈火中自焚，以生命和美麗的終結來換取人世的祥和與幸福。可見無論是中文名稱「鳳藻」，或是英文名稱「The Phoenix」，都寄託了聖瑪利亞師生對這本校刊的厚愛。

根據 2014 年由徐永初和陳瑾瑜主編的《聖瑪利亞女校 (1881-1952)》所知，《鳳藻》從 1919 年至 1941 年，除 1927 年及 1928 年停刊兩期外，每年皆出版畢業年刊。上述年刊現分別存放在上海檔案館、上海圖書館、上海第三女中檔案室和臺灣聖約翰科技大學的上海聖約翰大學校史典藏暨研究中心。至於 1932 年收錄張愛玲處女作〈不幸的

她〉的《鳳藻》第 12 期，根據資料所知在上海市檔案館內只存一本，如今本人幸獲一本，若沒有其他發現，即是只有兩本存世。

《鳳藻》為 16 開本，道林紙精印，裝幀美觀，主要由歷屆畢業班學生負責編輯，分中英文兩大部分，但以英文為主。內容包括學校概覽、教職員介紹、畢業班學生介紹及留言、圖片和學生投稿等等，並印有贊助者的宣傳廣告。1932 年第 12 期出版時，張愛玲只有十一歲，為初中一年級乙組的學生，英文名字是 Tsang Ai-ling。她當時入學不久，知悉校方的年刊《鳳藻》正徵求學生稿件，便拿起筆來寫下了 1,200 多字的短篇小說〈不幸的她〉，交到《鳳藻》編委會，最後文章被選中刊登。直至目前為止，〈不幸的她〉被考證為張愛玲最早發表的中文文章！

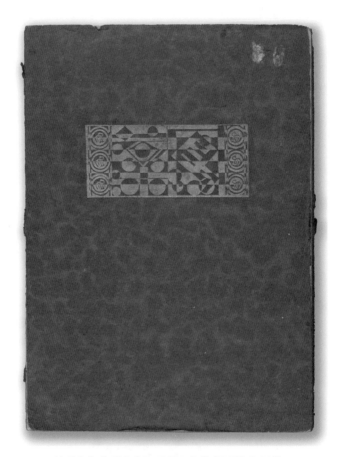

被稱為海外孤本的聖瑪利亞女校《鳳藻》年刊第 12
期，1932 年出版。全本共 190 頁，英文部分佔 106
頁，中文部分佔 84 頁，內頁除刊出張愛玲十一歲時
的兩張照片外，最重要的是刊有張愛玲的短篇小說處
女作〈不幸的她〉及英文短篇文章 The School Rats
Have a Party，亦是其首篇英文之作。

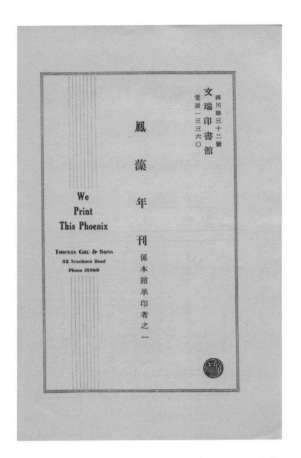

上海文瑞印書館（Thomas Chu & Sons）承印 1932 年的
《鳳藻》年刊。

1932年《鳳藻》年刊第12期部分中文目錄，可見各級學生投稿的文章，包括初中一的張愛玲處女作〈不幸的她〉（框內）。

故事刻畫人性矛盾

短篇小說〈不幸的她〉主要講述了兩個十歲的活潑女孩，她們是一對親密的同學。長大以後，一個反抗母親為「她」訂立的婚姻而漂泊四方，另一個則自由戀愛，結婚後過着幸福生活。十年後，兩人相見，感懷身世及不幸的「她」，不忍看到密友的快樂，而更顯自己的淒清，最後悄然離去。雖鶯聲初啼，但張愛玲運用生動的敍事方式，簡單又深刻地展現了女性從小至成人的生命歷程，「她」在孩童年代擁有快樂和幸福，一旦步入成年便開始成為犧牲品，被母親許聘給紈袴子弟。「她」為了自由，為了將來，為了打破腐敗的積習，離開了母親，離開了朋友，離開了奢華的生活，一生漂泊。

張愛玲年紀小小已經醉心寫作，她的文章除了可看到她超凡的寫作技巧外，更顯露她洞察人性，有深刻的體驗。文中她寫到「我不忍看了你的快樂，更形我的淒清！別了！人生聚散，本是常事，無論怎樣，我倆總有蘊着淚珠撒手的一日！」當時她雖只是初中一年級的學生，但能深入地刻畫人性的矛盾，肆意地鋪陳生命的灰暗面。從她當時的筆觸已經展現了往後的創作方向，也好像已經預視她那蒼涼而孤傲的一生。

的花是差不多浸在翡翠的水中生長的今天恐怕是個假期所以划到海心遊樂的吧

「雍姊！你快看這絲海草，不是像你那管草哨子一樣嗎拾它起來，我吹給你聽！」她一面說，一面彎轉了腰，伏在船沿上去把手探到水裏。

雍姊忙着攔他，「仔細點跌下去不是頑的，你不看見浪很大嗎？」她不言語了只緊靠在雍姊的懷裏顯出依傍的神氣。

夜幕漸漸罩下來，那一抹奇妙的紅霞，照耀得海上金波似的。在那照澈海底的光明中她倆唱管柔美的歌兒慢慢地搖回家去。

五年之後雍的愛友的父親病死了她母親帶她到上海去依靠她的姨母她偏就在熱烈的依戀中又過了幾年她漸漸離別了，

在繁華的生活城市的繁榮使她腦中的雍姊和海中的游泳漸漸的模糊了。

她二十一歲她母親已經衰老忽然昏悴地將她許聘給一個紈袴子弟她惱起憤怒煩恨的心曲毅然的拒絕她並且怒氣冲冲的數說了她一頓把她母親氣得暈了過去這是一個孤傲愛自由的人！所以她要求自立——打破屈收的積習——她要維持一生的快樂只能咬緊了牙齒忍住了淚痕悄悄地離開了她的母親。

飄泊了幾年，由故友口中知道母親死了在徬徨中，忽然接到了童時伴侶雍姊的消息憲她流了許多感傷心欣喜的眼淚雍姊師範學校畢業後在商界服務了幾年便和一個舊友結了婚在已有了一個美麗活潑的女孩子正和她十年前一樣在海濱度着快樂的生活

幾度通信後雍姊明瞭了她的環境，便邀她來暫住她想了下就寫信去答允了。

她急急的乘船回來，見着了兒時的故鄉，天光海色心裏蘊着已久的悲慈喜樂都湧上來一陣辛酸溶化在熱淚裏流了出來而雍姊別久了，初見時竟不是悲是喜那種鎮靜柔和的態度只略惟悴些。

「你真瘦了！」這是雍姊的低語。

她心裏突然的跳着瞧見雍姊的丈夫和女兒的和藹的招待，總毫怔怔忡忡的難過。

四五

「我不忍看了你的快樂更形我的淒清！」
別了！人生聚散，本是常事無論怎樣我倆總有蘊着淚珠撒手的一日！」

046

婚，因為有她存在在他不能自由婚娶的。

當他父親看到他的信時，氣得鬍子都豎起來了：咳家門不幸！出了這種不肖子他在外糊鬧不夠還要休妻依我們這種門第豈能做這種沒廉恥的事嗎？……咳。

不久慶君終究囬家了，這是在二個媽媽談話的前一星期罷，但是他囬家後仍舊在父親前提議要離婚的事。

『哼你這種不肖子竟要做出這種辱祖上的榮光的事嗎？況且媳婦如此的賢慧孝順你自己想這是何等樣的人家豈可做這種敗壞門楣的事嗎？』慶君的父親氣忿忿的說着。

慶君聽着這些話就一逕走進自己的房裏去了看到他的五歲的女小孩，正睡在被窩裏他想到這就是他同一個沒有由戀愛而結婚的女子所生的罪惡一時恨從心起竟走到床前把被窩想悶死這個無知的小孩。在正這個當兒，張媽走進房來看到這個樣子，大叫一驚就高聲的喊着老爺：太……太……快……快……來呀！

當外面的人聽到張媽高喊的聲音不知是什麼事都走了進來，大家就慌忙的去救小孩，不久聽到哇哇的幾聲。

但是在這個時候，慶君的父親就高聲的罵道：『無辜的小孩

你為什麼要害死她你這種不肖子我的眼前不願看到你。』

『我在這家庭裏若一日不許我離婚一日不許我除這罪孽，我決不能一日存在的。在家庭裏得不到一些自由毋寧離去了罷！』說着竟提了皮包，大踏步走向大門口去了這大約就一直到上海去了。

不幸的她

初一　張愛玲

秋天的晴空展開一片清艷的碧色洗淨了雲翳在長天的盡處綿延着無邊的碧水那起伏的海潮好像美人的柔胸在藍綢中呼吸一般慶送出洪大而溫柔的波聲幾隻潔白的海鷗活潑地在水面上飛翔在這壯麗的風景中有一隻小船慢慢的掉槳而來船中坐着兩個活潑的女孩子她們十歲光景祖着胸膛緊緊而小游泳衣服，赤着四條粉腿又常放在船沿上；讓浪花來吻她們的脚像這樣大胆的驅動她倆的眼珠中流露出生命的天眞的沈着的愛的光

她倆就住在海濱是M小學的一對親密的同學這兩朶含苞

1932 年，只有十一歲的張愛玲在《鳳藻》上發表人生首篇小說〈不幸的她〉（局部）。小說只有千多字，但已令人驚嘆！文中她寫到左頁的引句，盡顯她蒼涼而孤傲的性格。

Class of 1937, Section B 初中一　乙組

1932 年聖瑪利亞女校內，15 位初中一乙組學生，由低至高同時倚坐在一道蹺蹺板上。或因安全和平衡等原因，身材最瘦小、身穿深色格子短袖旗袍的張愛玲，被安排坐在中間位置（左八）。圖中可見張愛玲不是正面望向前方，而是目光游移至右方別處，與面對鏡頭微笑的其他同學截然不同。相下寫「Class of 1937」，意謂 1937 年將畢業的班級。

Junior Music Club 初級琴會

1932 年，初中一乙組的張愛玲是初級琴會的小成員。張愛玲身穿深色格子短袖旗袍坐在
草地上（前排左三），目光移到別處，滿懷心事似的。

《鳳藻》年刊內的贊助者宣傳廣告。圖為上海四大百貨公司之一新新公司的廣告。

最早的英文創作

　　張愛玲是少數能中能英能譯的雙語作家，更能反覆改寫。有些作品她會先用英文寫成再自譯成中文，其中包括散文及小說：〈私語〉(What a life! What a girl's life!)、〈五四遺事〉(Stale Mates)、〈洋人看京戲及其他〉(Still Alive)、〈更衣記〉(Chinese Life and Fashions)、〈重訪邊城〉(A Return To The Frontier)、《秧歌》(*The Rice-Sprout Song*)、《怨女》(*The Rouge of the North*) 等等。至於先用中文寫後自譯成英文的，則有《赤地之戀》(*Naked Earth*) 及《金鎖記》(*The Golden Cangue*) 等等。

1954 年 1 月,《今日世界》第 44 期開始連載張愛玲小說《秧歌》,直至第 56 期為止。

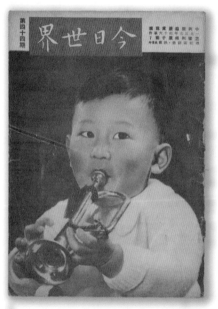

張愛玲於 1954 年創作《秧歌》（*The Rice-Sprout Song*），描寫農人金根一家在飢餓中掙扎求存的故事，反映土改後中國大陸的農村生活。張愛玲最初以英語創作，後自行譯成中文。胡適於 1955 年 1 月 25 日給張愛玲的信中說：「此書從頭到尾寫的是『飢餓』，—— 書名大可以題作『餓』字，—— 寫的真細緻，忠厚，可以說是寫到了『平淡而近自然』的境界。近年我讀的中國文藝作品，此書當然是最好的了。」

圖為香港今日世界社於 1954 年 7 月發行的《秧歌》初版，此書的上任收藏家為黃俊東，內頁蓋有「俊東藏書」鈐印。

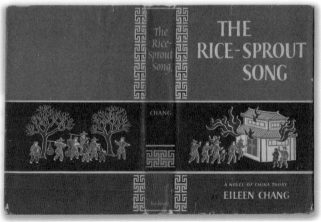

1955 年，美國紐約 Charles Scribner's Sons 出版的 *The Rice-Sprout Song* 英文版封面及封底設計。

張愛玲以英文寫成中篇小說 *The Rouge of The North*，並自行翻譯成中文《怨女》。此小說以她之前的短篇小說《金鎖記》為基礎改寫，於 1967 年首次發表。小說敍述女主角柴銀娣坎坷的一生，引起社會對女性問題的關注。作者刻意省略許多敍述的場景，比如對情節結構、人物心理變化、審美層次上的省略等，令小說讀來更顯得女主角的平凡。

1938 年 Eileen Chang（張愛玲）在上海的英文報紙《大美晚報》（*Shanghai Evening Post*）上發表了一篇題目為 What a Life! What a Girl's Life! 的文章。文章發表六年後張自行譯成中文〈私語〉，於 1944 年《天地》第 10 期發表。

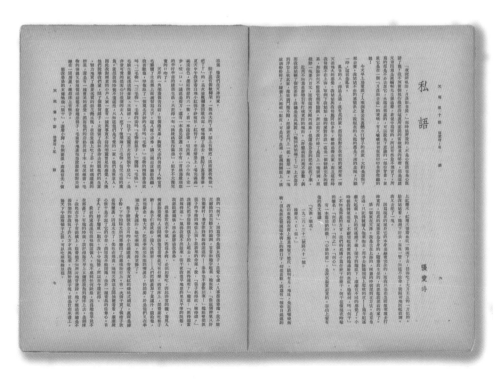

雙語作家

在文壇中能夠兼用中英文創作的人不是沒有，但張愛玲能經常寫得如此流暢及精彩，同時可自行翻譯，令人佩服。若細究原因，可能與她從小便有雙語學習的經歷有關。除了母親灌輸的西方思想外，最重要是她入讀上海著名的聖瑪利亞女校學習英文，及後在香港大學遇到名師像文學院的中文系教授許地山、翻譯老師陳君葆及歷史系副教授佛朗士（N. H. France），再加上張愛玲本身努力不倦地鑽研翻譯文學、中英文學史、英國小說選讀、英國散文及詩歌等等，對她日後的雙語寫作打好了穩固的基礎。究竟張愛玲首篇英文作品在何時發表？作品名稱又是甚麼？

2014 年，上海雜誌《檔案春秋》第一期刊登了徐如林的文章〈鳳棲於梧：張愛玲的中學時代〉，而另一《東方早報・上海書評》刊出祝淳翔的〈新發現的張愛玲早期英文習作〉，前者首次發現張愛玲載於 1936 年《鳳藻》年刊第 102 頁的早年英文習作 The Sun Parlor ，後者則發現兩篇寫於 1937 年的英文習作 The School Rats Have a Party 和 A Dream on the Journey 。祝淳翔的文中提及因從上海圖書館借出的館藏紙質版有破損，經合理推斷該兩篇英文習作，出處應當都是載於 1936 年《鳳藻》年刊上（第 48 頁和第 72 至 74 頁）。這些是否她最早的英文習作？

發現張的英文處女作

　　看過以上兩文的敘述，即時產生疑問，為何 1936 年出版的《鳳藻》年刊上竟可刊登兩篇 1937 年的英文習作？顯然推斷的年份出了疑問，但如何證明？筆者嘗試翻開自己收藏的 1932 年《鳳藻》年刊，看看能否找出一些線索來。誰不知張愛玲的英文習作 The School Rats Have a Party（校鼠派對）竟出現在該年刊上，跟〈不幸的她〉是同年發表的。由此確定張愛玲的英文處女作於 1932 年撰寫，推翻了以往認為 1936 年為首篇英文刊載的論斷，同時徹底解決了張愛玲何時開始英文創作此困惑張學研究者多年的難題。

　　1932 年，張愛玲只有十一歲，為初中一年級乙組的學生，英文名字是 Tsang Ai-ling，畢業年份是 1937 年，故在年刊文章之下的作者署名都尾隨畢業年份，即「TSANG AI-LING, 1937」，以作識別。

　　The School Rats Have a Party 是一篇虛構的英文短篇作品，講述學校裏有一隻名叫 Miss Black 的母老鼠，嫁給了一隻名叫 Mr. Brown 的公老鼠。婚禮儀式後牠們舉行了一場盛宴，又跳舞及唱歌。第二天早上，筆者穿過大門時，突然聽到一陣嘈雜的聲音，看到老鼠羣正在開派對，感到非常驚訝，還大喊叫途人來看。也許筆者的聲音太大了，所有老鼠都迅速回家了。

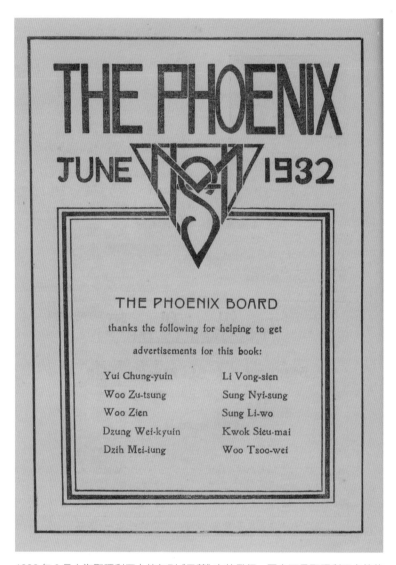

THE PHOENIX

JUNE 1932

THE PHOENIX BOARD

thanks the following for helping to get
advertisements for this book:

Yui Chung-yuin	Li Vong-sien
Woo Zu-tsung	Sung Nyi-sung
Woo Zien	Sung Li-wo
Dzung Wei-kyuin	Kwok Sieu-mai
Dzih Mei-iung	Woo Tsoo-wei

1932 年 6 月上海聖瑪利亞女校年刊《鳳藻》在校發行，圖中可見聖瑪利亞女校的校徽。

ii

The Phoenix 的英文目錄,在「CLASS OF 1937」一列,可找到 The School Rats Have a Party 作者是 TSANG AI-LING。

to the grounds with my schoolmates. After we came back to our room, I saw that one of my feet was in a leather shoe and the other was in a bedroom slipper. That looked so funny, but I hated the bell. That meant I could not sleep at the time and also that I got cold, because I had only a sheet to cover my night clothes.

IUNG CHAU-NGOO, 1937.

———=0=———

The School Rats Have A Party

In our school there is a beautiful lady rat named Miss Black. She is very stylish and famous, so that all the rats know her. She married a great gentleman named Mr. Brown on Saturday. That night they were very happy, all their friends and relatives came to the party. Miss Black wore a pretty long dress, and a white long veil on her head. It made her black face and body more black. Mr. Brown has two little brown eyes, and little black whiskers. When their wedding was finished, they gave a feast and danced and sang. The guests and ladies danced with their little boots and little high heeled shoes as loudly as they could, but no student heard it, because it was midnight and they were fast asleep.

Next morning, I rose very early and went down the stairs to take a walk. When I passed the doorway, suddenly I heard a noisy voice, then I peeked in at the door. When I saw the happy party, how surprised I was! I cried, "See! See! The rats have a party!" Maybe my voice was too loud for the rats all stood up and took their feast and quickly ran to their home.

TSANG AI-LING, 1937.

———=0=———

Midnight Alarms

One Sunday last year in school, I and my three roommates all had nothing to do. So we talked about the customs of our city and many interesting things. By and by we talked about the thief. I said, "Suppose to-night we have a thief in our room. When one of you hears that, what will you do?" One of my roommates named Mary said, "I shall shout loudly." Another said, "What is the use of shouting loudly? You must fight with him." Mary said, "But I haven't a gun." We talked of many plans but no one was good.

At midnight I was in deep dreams. Suddenly I heard a voice shout "Ai-tsung! Please help me!" I was very surprised and asked, "What is the matter? Mary! Why did you speak English to me?" But she only

憑着此海外孤本，發現張愛玲的英文處女作為 The School Rats Have a Party，與首篇中文小說〈不幸的她〉同於 1932 年發表。

出生日期之謎

　　1939 年 1 月，張愛玲獲倫敦大學入讀資格，但因歐戰爆發，未能前往。同年 8 月，她持倫敦大學成績單，從上海到香港入讀香港大學文學院。當時不足十九歲的她，因為年紀太輕，香港大學要求她必須有一位本地監護人。幸好張愛玲的姑姑張茂淵在英國留學時認識了一位上海男子，名叫李開第。當時李正在香港工作，願意作為張愛玲的監護人。原來李開第曾經留學英國，已考取工程學學位，是一名註冊工程師。1925 年，李開第和張茂淵在赴英的輪船上認識，1979 年彼此以七十八歲的高齡成婚。

　　張愛玲於 1939 年 8 月 29 日在港大註冊入學。當天，她親手填寫港大入學登記證，包括中英文姓名、出生地點、居住地址、籍貫、監護人姓名及地址、前校名及學歷。在出生日期一欄中，她填上「1920年 9 月 19 日」，字體清晰，成為張愛玲最早親筆寫下自己出生日期的紀錄。

　　可是這個她自行填寫的出生日期，曾掀起文壇的一番爭論，成為熱門話題。部分研究張愛玲的學者否定此日期，認為真實日期是 1920

年 9 月 30 日；亦有部分張學研究者及張迷深信 9 月 19 日才對，認為她不可能連自己的出生日期都弄錯。作家于青及孔慶茂的作品《張愛玲傳》及《流言與傳奇 —— 張愛玲評傳》，都分別提及張愛玲的出生日期是 1920 年 9 月 19 日，認為港大的學生紀錄，是最可靠的確定。為甚麼她的出生日期會有兩個版本呢？兩者還相差 11 日？

1907 年，時任香港總督盧吉爵士 (Sir Frederick Lugard) 提出興辦本地大學。1912 年 3 月 11 日，香港大學正式開放，除醫學和工程成為首兩個學院外，文學院亦相繼創立。張愛玲於 1939 年 8 月 29 日在港大註冊入讀文學院。圖為香港大學的彩色明信片，約於 1930 年代發行。

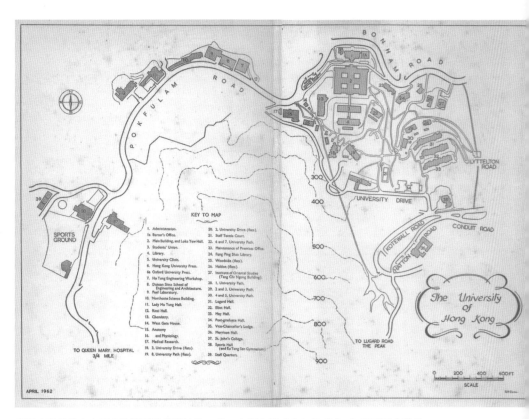

香港大學的校舍主要分佈於香港島薄扶林一帶，本部大樓（Main Building）是香港大學的一座古老建築物，採後文藝復興時期的建築風格，由麼地爵士（Sir H.N. Mody）於 1910 年捐建，1912 年落成，在內建有大禮堂，名為「陸佑堂」。1941 年香港淪陷期間，本部大樓曾被徵用為臨時醫院。圖為 1962 年 4 月香港大學校園地圖，本部大樓的位置見 2 號建築物。

```
EXTRACT FROM STUDENTS' RECORDS
==============

NAME:              Miss Eileen Chang
BIRTH PLACE        Shanghai
BIRTH DATE         September 19, 1920
NATIONALITY        Chinese
PREVIOUS EDUCATION   St Mary's Hall.
QUALIFACTION       London Matriculation, Jan, 1939.
REGISTERED         August 29, 1939.
XXXXXXXX
UNIVERSITY EXAMINATIONS
```

張愛玲在香港大學的學生紀錄，出生日期為 1920 年 9 月 19 日。
（圖片源自 1996 年 6 月出版的《香港筆薈》第八期。）

1952 年 8 月 21 日，
香港大學文學院院長貝
查（B. G. Birch）撰寫
了一封推薦信，說明張
愛玲原是港大學生，成
績優異，曾獲何福獎學
金，但因日本侵佔香港
而被迫中斷學業，現支
持她向港大申請助學金
以完成學業。（圖片源
自 1996 年 6 月出版的
《香港筆薈》第八期。）

UNIVERSITY  OF HONG KONG

DEPARTMENT OF ENGLISH

TELEPHONE
No. 28156

August 21,1952.

Vice-Chancellor.

    I strongly support this application.
Miss Chang was a student here when the
Japanese War broke out and was one of our
brightest students. She is now a refugee
from Red China. She wishes to complete
her interrupted course for the B.A., but
has no resources other than what she earns.
Her winning of the Ho Fook Prize shows that
she was the best student of her year.

                              B.F. Birch

                    Dean, Faculty of Arts.

兩個出生日

首先談談 1920 年 9 月 30 日這個日期的由來。1955 年,張愛玲移居美國,到埗後此日期就出現在其綠卡上。翌年她與德裔美國人賴雅(Ferdinand Reyher)的結婚證書上,甚至 1995 年她逝世後的死亡證上,印出的出生日期都是 1920 年 9 月 30 日。另外一些著作,例如 1996 年司馬新的著作《張愛玲與賴雅》,提到賴雅的日記裏,寫了他的第二任妻子張愛玲的生日日期及以往的生活瑣事。

司馬新指張愛玲出身於中國傳統家庭,生日日期以中國農曆(即陰曆)為準,若以西方公曆(即陽曆)計算,每年的生日日期都不相同。賴雅日記裏寫到 1958 年 10 月 1 日是張愛玲三十八歲生日,賴雅特別寫在日記上提醒自己為她慶祝。

翻查萬年曆,公曆 1958 年 10 月 1 日正是農曆 1958 年 8 月 19 日。若再對應 1920 年農曆 8 月 19 日,公曆則是 9 月 30 日,是張愛玲綠卡、結婚證書及死亡證上寫的出生日期。以上農曆及公曆的不同日子,令坊間議論紛紛,有說張愛玲在港大登記入學時,記錯了農曆 9 月 19 日為她的生日日期,正確是 8 月 19 日。亦有人認為她故意將出生日期以農曆計算並延後一個月,以改變命運。甚至有人說她的出生日期應為公曆 9 月 19 日,當她抵美後,認為自己命格及性格不像處女座,反之天秤座更適合,所以索性自己更改出生日期以配合新星座。

張愛玲的真實出生日期是否如眾說的公曆 1920 年 9 月 30 日(庚申年 8 月 19 日)?至今仍沒有絕對答案,仍撲朔迷離,有待後世再發掘更多資料考證,或只能成為解不開的謎團,只有在天之靈的她才知曉。

1996 年 5 月，大地出版社出版《張愛玲與賴雅》，作者是曾與張愛玲通訊十餘年的司馬新博士。1956 年2 月，張愛玲搬往美國東北部新罕布什爾州的麥道偉文藝營，認識賴雅，二人同年 8 月結婚，當時張愛玲才三十六歲，賴雅已六十五歲。

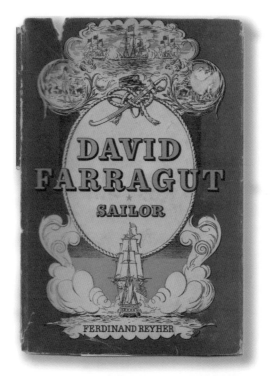

賴雅生於 1891 年，德國移民後裔，年輕時顯露耀眼的文學才華，他結過一次婚，有一個女兒。生性奔放自由的他，不適應婚姻的束縛，便與女權主義者的前妻解除婚約。為了重振文學雄風，他去了麥道偉文藝營，一個中國女作家卻因此闖入他的晚年生活，使他真正感到從未遇過的愛的力量，她就是張愛玲。圖為賴雅於 1953 年出版的著作 *David Farragut, Sailor*，講述美國首位海軍上將的驚異冒險故事。書中第一頁找到稀有的賴雅親筆簽名。

我的弟弟張子靜

　　張愛玲的弟弟張子靜，小名小魁，1921 年在上海市出生。曾入讀上海的聖約翰大學經濟系，但不久肄業，後任職中央銀行揚州分行、無錫分行，1949 年後在上海浦東郊區任小學語文教師及中學英文教師，1986 年底自黃樓中學退休，1997 年離世。

　　兩姊弟出生在一個顯赫家庭，年齡相差才不過一歲多，但兩人卻步上不同的人生歷程，遭遇不同的風浪，得出不同的結果。張愛玲早在上海的「孤島時期」已是一名著名作家，張子靜卻一生寂寂無名。

〈童言無忌〉中的弟弟

　　1944 年 5 月 1 日，張愛玲在《天地》雜誌的春季特大號「生育問題特輯」上，發表了一篇散文，名叫〈童言無忌〉。這篇文章共有五個主題，主要是「把自己的事寫點出來」，包括「錢」、「穿」、「吃」、「上大人」及「弟弟」。此文後來結集到其散文集《流言》中作首篇文章。其中「弟弟」篇，張愛玲對弟弟有以下看法：

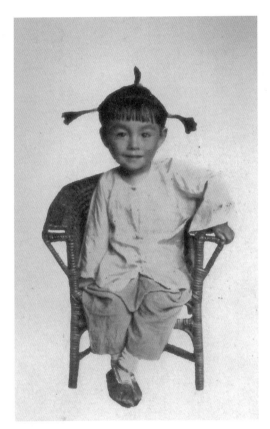

張子靜兒時照片，曾被母親製成明信片。

張愛玲的散文〈童言無忌〉最早發表於 1944 年 5 月 1 日由蘇青主編的《天地》春季特大號「生育問題特輯」上。

我的弟弟生得很美而我一點都不。從小我們家裏誰都惋惜着，因為那樣的小嘴，大眼睛與長睫毛，生在男孩子的臉上，簡直是白糟蹋了。長輩就愛問他：「你把眼睫毛借給我好不好？明天就還你。」然而他總是一口回絕了。有一次，大家說起某人的太太真漂亮，他問道：「有我好看麼？」大家常常取笑他的虛榮心。

他妒忌我畫的圖，趁沒人的時候拿來撕了或是塗上兩道黑槓子。我能夠想像他心理上感受的壓迫。我比他大一歲，比他會說話，比他身體好，我能吃的他不能吃，我能做的他不能做。

……有了後母之後，我住讀的時候多，難得回家，也不知道我弟弟過的是何等樣的生活。有一次放假，看見他，吃了一驚，他變得高而瘦，穿一件不甚乾淨的藍布罩衫，租了許多連環圖畫來看……大家紛紛告訴我他的劣蹟，逃學，忤逆，沒志氣……

甘於當凡夫

張愛玲發表此文時，筆下生得很美的弟弟張子靜只有二十三歲，因身體不好，自聖約翰大學經濟系輟學後，尚未正式工作。那時他的姊姊已是上海最紅及最受歡迎的作家，但他對姊姊在〈童言無忌〉中對他的描述、讚美和取笑，既沒有高興，也沒有生氣。甚至他看到文章結尾：「他已經忘了那回事了。這一類的事，他是慣了的。我沒有再哭，只感到一陣寒冷的悲哀。」也沒有特別感覺。

張子靜表示從小就甚麼都不如姊姊，更沒有她的聰慧和靈敏。即使到了二十多歲，沒有大的快樂，也沒有深的悲哀，像是日復日麻木

地生活。在那上海孤島的末期，他中斷學業，沒有工作，沒有愛侶，有的只是沉溺於煙霧迷濛的世界中。之後，他住在上海浦東的一間小屋裏，當一個中學英文教員。姊姊曾發表的每一篇文章他都會看，想從中了解自小到大都不甚親密的姊姊。即使她很少寫到弟弟，而寫到的內容大部分都是對他的「哀其不爭」，有時文字甚至顯得有點冷漠，弟弟只是說他沒有悲哀。晚年的張子靜曾說：「『沒志氣』的我，庸碌大半生，仍是一個凡夫。」

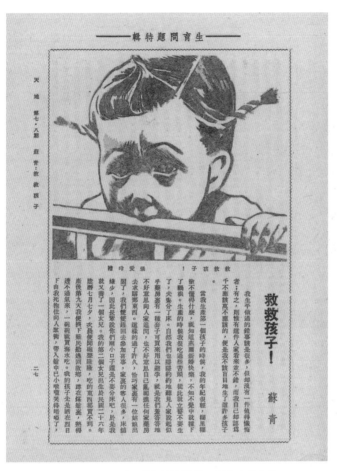

張愛玲不但為上海《天地》雜誌撰稿,還為它繪畫插圖,設計封面。1944 年 5 月 1 日,蘇青在《天地》第七、八合期發表一篇散文〈救救孩子!〉,配上張愛玲繪畫的一幅頭梳有左右羊角辮的小孩素描。該幅素描盡顯小孩眼帶驚慌,兩辮橫立,口啃欄杆,手捏欄杆的模樣,像受着苦般向人求救。張愛玲像把自身童年的慘痛記憶,透過素描完全表達出來。

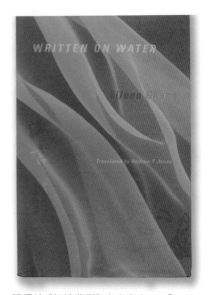

1944 年 12 月，張愛玲著的《流言》，由上海五洲書報社總經售，封面由張愛玲設計。鮮黃色底色配以身穿清裝的女士，書名、繪圖及作者名稱亦是出自張愛玲手筆。張愛玲提及弟弟張子靜的散文〈童言無忌〉，編為該書的首篇文章。

張愛玲《紅樓夢魘》自序裏寫到：「以前《流言》是引一句英文 —— 詩？Written on Water（水上寫的字），是說它不持久，而又希望它像謠言傳得一樣快。我自己常疑心不知道人懂不懂，也從來沒問過人。」圖為《流言》的英譯本 Written on Water，由 Andrew F. Jones 翻譯，美國哥林比亞大學出版社於 2005 年出版。

散文集《流言》與小說集《傳奇》的出版方式截然不同,《流言》是張愛玲自己當「發行者」,由上海五洲書報社「總經售」。為了此書的出版,張愛玲出心出力,自己找紙張,跑印刷廠,用她好友蘇青的話說,就是「鄭重付刊」。

《流言》收錄了張愛玲在 1943 至 1944 年間陸陸續續寫的東西,包括她對音樂,對藝術,對京劇的心得;寫了她與姑姑的感情,與炎櫻的友情;談到她如何看女人,如何看愛情;而且還談到雙親對她的影響。張愛玲在這些散文裏,透出她對人世間的冷眼旁觀,讓人在字裏行間感到意味深長。圖為不同年代,不同時期,不同出版社出版的《流言》版本。

我的姊姊張愛玲

1943 年，張愛玲的弟弟張子靜與友人合辦一份稱作《颻》的刊物，創刊目的是希望在正值孤島時期的上海，《颻》能帶來一陣暴風橫雨，洗刷人們內心的苦悶及空虛。刊物出版前，編輯張信錦知道張子靜的姊姊是當紅的張愛玲，提議張子靜去找她寫稿，但最後被她拒絕。張愛玲只畫了一幅素描畫給他，名叫《無國籍的女人》。

張子靜憑着自小對姊姊的觀察，撰寫了一篇短文〈我的姊姊張愛玲〉，於 1944 年 9 月在《颻》創刊號發表，讓讀者了解張愛玲風華正茂時的生活狀況。姐姐替他繪畫的那張素描，也出現在文章之後，成為姊弟倆此生唯一的圖文合作。

1944 年 9 月，上海正值孤島時期，張子靜與友人出版文藝刊物《飆》創刊號，書尺寸正 32 開。目錄中可找到張愛玲所畫的一幅名為《無國籍的女人》的素描及張子靜的散文〈我的姊姊張愛玲〉。

我的姊姊——張愛玲

她的脾氣就是喜歡特別。隨便什麼事情總愛跟別人兩樣一點。就拿衣裳來說罷，她頂喜歡穿古怪樣子的，記得三年前她從香港回來，我去看她，她穿着一件矮領子的布旗袍，大紅顏色的底子，上面印着一朵一朵藍的白的大花，兩邊都沒有紐扣，是跟外國衣裳一樣鑽進去穿的，領子眞矮，可以說沒有，在領子下面打着一個結子，袖子短到肩膀，長度只到膝蓋，我從沒有看見過這樣的旗袍，少不得要問問她這是不是最新式的樣子，她淡漠的笑道：「你眞是少見多怪，在香港這種衣裳太普通了，我正嫌這樣不夠特別呢！」嚇得我也不敢再往下問了。我還聽人說有一次，她的一個朋友的哥哥結婚，滿座了一套前淸老樣子繡花的襖褲去道喜，她穿的賓客爲之驚奇不止，上海人眞不行，全跟我一樣少見多怪。

還有一回我們許多人到杭州去玩，剛到的第二天，她看報上登着上海電影院的廣告——談瑛做的「風」，就非要當天回上海來看不可，大家夥怎樣挽留也沒有用，結果只好由我陪她回來，一下火車就到電影院，連

〈我的姊姊張愛玲〉為《颷》創刊號的特稿，吸引不少讀者細閱，讓他們了解張愛玲鮮為人知的生活點滴。

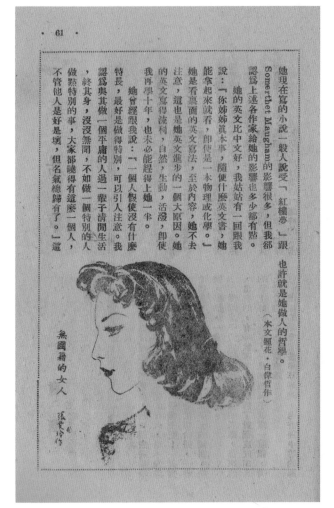

無國籍的女人

張愛玲作

她現在寫的小說一般人說受「紅樓夢」跟 Somerset Maugham 的影響很多，但都認為上述各作家給她的影響也多少都有點。

她的英文比中文好，我姑姑有一回跟我說：「你姊姊真本事，隨便什麼英文書，她能拿起來就看，即使是一本物理或化學。」她是看裏面的英文寫法，至於內容，她不去注意，這也是她英文進步的一個大原因。她的英文寫得流利，自然，生動，活潑，即使我再學十年，也未必能趕得上她一半。

她曾經跟我說：「一個人假使沒有什麼特長，最好是做得特別，可以引人注意。我認為與其做一個平庸的人過一輩子清閒生活，終其身，沒沒無聞，不如做一個特別的人做點特別的事，大家都曉得有這麼一個特別的人，不管他人是好是壞，但名氣總歸有了。」這

（本文壓花·白偉晢作）

《無國籍的女人》素描畫，由張愛玲親手繪畫。

以下收錄〈我的姊姊張愛玲〉的全文。

　　她的脾氣就是喜歡特別：隨便甚麼事情總愛跟別人兩樣一點。就拿衣裳來說罷，她頂喜歡穿古怪樣子的。記得三年前她從香港回來，我去看她，她穿着一件矮領子的布旗袍，大紅顏色的底子，上面印着一朵一朵藍的白的大花，兩邊都沒有紐扣，是跟外國衣裳一樣鑽進去穿的，領子真矮，可以說沒有，在領子下面打着一個結子，袖子短到肩膀，長度只到膝蓋，我從沒有看見過這樣的旗袍，少不得要問問她這是不是最新式的樣子，她淡漠的笑道：「你真是少見多怪，在香港這種衣裳太普通了，我正嫌這樣不夠特別呢！」嚇得我也不敢再往下問了。我還聽人說有一次，她的一個朋友的哥哥結婚，她穿了一套前清老樣子繡花的襖褲去道喜，滿座的賓客為之驚奇不止，上海人真不行，全跟我一樣少見多怪。

　　還有一回我們許多人到杭州去玩，剛到的第二天，她看報上登着上海電影院的廣告——談瑛做的「風」，就非要當天回上海來看不可，大傢伙怎樣挽留也沒有用，結果只好由我陪她回來，一下火車就到電影院，連趕了兩場，回來我的頭痛得要命，而她卻說：「幸虧今天趕回來看，要不然我心裏不知道多麼難過呢！」

　　家裏從前有一個小丫頭，名字叫小胖，又胖又笨，長得又難看，姊姊一向討厭她，有一天不知道怎麼高興起來，一早起來就彈琴教小胖唱「漁光曲」。小胖實在太笨了，怎樣也學不會「雲兒飄在天空，魚兒藏在水中」，她老唱做「雲兒藏在水中，魚兒飄在天空」。從八點鐘教到十一點，好容易把兩句教會了，可是把我父親吵醒，罵了一頓，她大哭一場，就這樣不了了之，她沒有再教過小胖。

她不大認識路，在從前她每次出門總是坐汽車時多，她告訴車夫到哪裏去，車夫把車子開到目的地，她下車進去，根本不去注意路牌子。現在她當然不坐汽車，路名應該熟得多了，可是有一次講起看書事情，她勸我到工部局圖書館去借。我問她怎麼走法，在甚麼路上，她說路名我不知道，你坐電車到怎麼樣一所房子門口下來，向左走沒有幾步路就是。你不要覺得奇怪，我們國學大師章太炎先生，也是不認識路的。大概有天才的人，總跟別人兩樣點吧。

她能畫很好的鉛筆畫，也能彈彈鋼琴，可她對這兩樣並不十分感覺興趣，她比較還是喜歡看小說。「紅樓夢」跟 Somerthet Maugham 寫的東西她頂愛看，李涵秋的「廣陵潮」、天虛我生的「淚珠緣」，她從前也很歡喜看；還有老舍的「二馬」、「離婚」、「牛天賜傳」，穆時英的「南北極」，曹禺的「日出」、「雷雨」也都是她喜歡看的。她現在寫的小說一般人說受「紅樓夢」跟 Somerthet Maugham 的影響很多，但我卻認為上述各作家給她的影響也多少都有點。

她的英文比中文好，我姑姑有一回跟我說：「你姊姊真本事，隨便甚麼英文書，她能拿起來就看，即使是一本物理或化學。」她是看裏面的英文寫法，至於內容，她不去注意，這也是她英文進步的一個大原因。她的英文寫得流利，自然，生動，活潑，即使我再學十年，也未必能趕得上她一半。

她曾經跟我說：「一個人假使沒有甚麼特長，最好是做得特別，可以引人注意。我認為與其做一個平庸的人過一輩子清閒生活，終其身，沒沒無聞，不如做一個特別的人做點特別的事，大家都曉得有這麼一個人，不管他人是好是壞，但名氣總歸有了。」這也許就是她做人的哲學。

1944 年，張愛玲身穿清裝，大襖下穿着薄呢旗袍，讓業餘攝影師童世璋及其友人替她拍照。這張照片曾用作英文小說 *The Rouge of the North*（中譯本《怨女》）的書底插圖，而 1944 年出版的《流言》封面的張愛玲自畫像，亦是用這張照片作藍本。

Eileen Chang has based *The Rouge of the North* on a novella she wrote in Chinese entitled *The Golden Cangue* and she is uniquely qualified to write about the periods of Chinese life she describes in her novel. Her grandmother's father was the Chinese statesman, Li Hung-chang, while her grandfather, Chang Pei-lung, was the chief political casualty of the Sino-French War of 1884. Eileen Chang herself was born in Shanghai and spent all her life there until she left for Hong Kong in 1952. Since 1955 she has lived in the U.S.A. and was until recently writer in residence at Miami University, Oxford, Ohio. She is now an Associate Scholar at the Radcliffe Institute for Independent Study, Cambridge, Mass., where she holds a fellowship to translate an Old Chinese novel, *Hai Shang Hua*.

張愛玲的弟弟張子靜所寫的〈我的姊姊張愛玲〉提及張曾為了看電影而棄其他朋友而去，趕車回上海的片段，可見張愛玲是一位發燒戲迷。圖為張愛玲喜愛的戲院，是位於霞飛路及邁爾西愛路（今淮海中路及茂名南路）交界的國泰大戲院，她在此看過不少賣座電影。

2005 年 10 月，張子靜和季季（本名李瑞月）合著出版《我的姊姊張愛玲》。張子靜以〈如果我不寫出來〉為題，作為書中前言，寫有「姊姊和我都無子女。她安詳辭世後，我更覺得應該及早把我知道的事情寫出來。在姊姊的生命中，這些事可能只是幽暗的一角，而曾經在這個幽暗角落出現的人，大多已先我們而去，如今姊姊走了，我也風燭殘年，來日苦短。如果我再不奮勵寫出來，這個角落就可能為歲月所深埋，成了永遠無解之謎。」

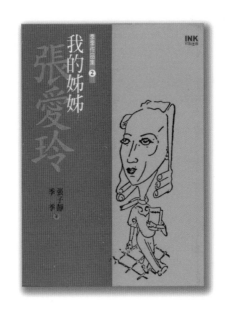

　　張子靜往後還記起張愛玲曾對他說過學習的心得：「積累優美詞彙和生動語言的最佳方法就是隨時隨地的留心人們的談話，不管是在路上、車上、家裏、學校裏、辦公室裏，一聽到後就設法記住，寫在本子裏，以後就成為寫作時最好的原始材料。提高英文和中文的寫作能力，有一個很好的方法，就是把自己的一篇習作由中文譯成英文，再由英文譯成中文。這樣反覆多次，儘量避免重複的詞句，經常這樣練習，中英文都會有很大的進步。」

　　1938 年，張愛玲從父親家逃走後，十七歲的弟弟張子靜感覺孤單寂寞，他偷偷走到在上海開納路開納公寓去找母親和姐姐，希望能留下來。母親委婉地說自己供姐姐上大學已經很吃力，再無能力及多餘金錢照顧張子靜，勸他回父親的家，勤力讀書。離別一刻，張愛玲及張子靜都哭了，代表他們的感情是很深切的，也對對方充滿關懷之情。

讀書或嫁人

　　1937 年 7 月 7 日，中國發生七七事變，又稱蘆溝橋事變，抗日戰爭全面爆發。同年，張愛玲中學畢業，她向父親張廷重提出留學的要求，但父親不准許。當時父親和中華民國國務總理孫寶琦的女兒孫用蕃已再婚三年，張愛玲和繼母關係不佳，曾經和她吵嘴，被父親打了一頓，更被鎖在大宅的房間幽禁了半年，期間更得病，幸得以治療，恢復健康。1938 年初，她終在一個深夜裏，逃出這幢曾經聲望顯赫的家族大宅，跑到開納公寓，投靠已與父親分手的母親黃逸梵，祈望以後有安寧的生活。十八歲的她把這段痛苦經歷，用英文寫成一篇散文 What a life! What a Girl's Life!，後刊登在《大美晚報》，是她首篇在報刊發表的英文文章。

　　這段不快的經歷不但令她身體受創，更令她心靈受到嚴重傷害。慘痛記憶伴隨她一生，永不磨滅。在往後的日子，她分別在《小團圓》、《半生緣》、《易經》等小說，一次又一次地提及和改編此經歷，成為她的作品裏一些經典場面。

1938 年，張愛玲用英文寫成散文 What a Life! What a Girl's Life! 刊登在《大美晚報》上。圖為《西風》雜誌上的《大美晚報》廣告，以「立論純正，言人所不敢言」及「消息迅捷，記人所不敢記」等宣傳口號作招徠。

經過半年的囚禁生活，從此她和父親疏遠，對父愛的追求也破滅了。1953年，她的父親在江蘇路285弄的小屋中病逝，享年五十七歲。

生活拮据

不久我母親回到上海來了，就先為舅舅家找了位於開納路明月新村的房子；她和我姑姑則搬進明月新村對面一家較小的公寓（開納公寓）裏租住。我母親那年回上海，主要的是設法讓我姐姐去英國讀大學。平日沒事兒幾乎每天回我舅舅家吃晚飯、聊天。

《我的姊姊張愛玲》，張子靜

當時黃逸梵的家在上海開納路（今武定西路）的開納公寓，張的姑姑張茂淵都在此居住，一屋三人共同生活。開納公寓是一棟四層高的公寓，一梯兩伙，每戶門上都鋪有玻璃，並設有一塊薄紗，以作遮擋及防窺視的作用。公寓內設有一個花園，並有一口水井。

張愛玲居住在開納公寓一段時間後，才知道母親的窘境超乎她的想像，母親當時要靠變賣家中剩餘不多的古董舊物來維持生活所需，弟弟張子靜來投靠也照顧不到。她的母親因經濟困難，跟張愛玲坦言：「我的錢不多，你跟了我只有兩種選擇：一是用這些錢去打扮自己，將來好尋得一個好人家；一是認真讀書，做個獨立自主的人。」最後，張愛玲選擇了後者。

1937年張愛玲在上海聖瑪利亞女校畢業，1939年1月考獲倫敦大學入學試優良成績，有意赴英修讀大學學位課程。可惜當時歐戰爆發，

未能到英國升學。同年 9 月 1 日,以希特拉為首的德國精銳軍隊,派出先進戰機連續轟炸波蘭的重要軍事目標,其後蘇聯同樣派軍入侵波蘭。同月 28 日波蘭首都華沙失守,波軍超過 12 萬人投降。10 月 6 日,波軍全軍覆沒,一個擁有 3,400 萬人口的國家,在短短一個月時間裏滅亡。隨後,英國、法國等國家正式向德宣戰,揭開了第二次世界大戰的帷幕。

上世紀四十年代初的上海,一輛塗有美麗牌香煙廣告的雙層巴士正在馬路上行駛,旁有兩架人力車,車伕出賣自己的體力,以勞役賺取金錢,接載客人往目的地。

1944 年 12 月出版的《語林》雜誌，刊登了張愛玲的聖瑪利亞女校國文老師汪宏聲的散文〈記張愛玲〉。張愛玲得悉此事，特意到印刷廠看雜誌清樣，還在汪文中寫了幾行字。

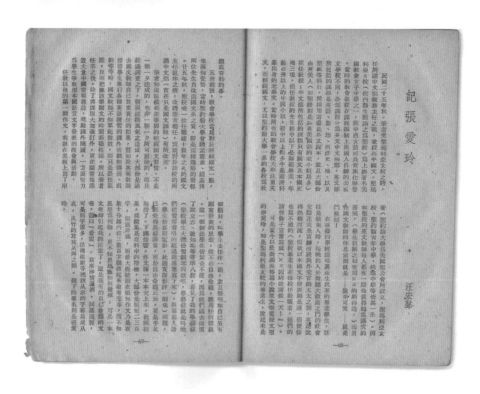

李志清作品

張愛玲的母親黃逸梵在船上。

張愛玲與港大

我有如遊子歸家，因為香港與香港大學乃我知識之誕生地。

1923 年 2 月 20 日，孫中山在香港大學大禮堂（今陸佑堂）公開
演說。

首間香港的大學

很多人認為何啟是創辦啟德機場兩位功臣之一，但這是一個美麗
的誤會。何啟與創建機場沒有直接關係，他不是甚麼航空分子，也不
是建築技師，更不是捐贈人士；他是醫生，又是律師，亦是孫中山的老
師。不過香港大學的成立卻與他最有關係，他亦是最有貢獻的人之一。
1887 年，何啟為紀念亡妻雅麗氏，與倫敦傳道會合資於上環荷李活道
興建雅麗氏利濟醫院（Alice Memorial Hospital），成為香港首間為華
人提供西醫治療的醫院，並於醫院內設立香港西醫書院（Hong Kong
College of Medicine），訓練醫科學生。同年，孫中山先生由廣州博濟
醫院轉入該校習醫，何啟親自教授。五年後，孫中山以優異成績畢業。

1907 年，時任香港總督盧吉爵士提出興辦本地大學的主張，並呼籲中外商人捐助籌辦大學經費。三年後的 3 月 16 日正式舉行香港大學本部大樓的奠基儀式，何啟以香港立法局議員及勸捐董事會主席名義出席該典禮，對籌建香港大學貢獻良多。

　　1912 年 3 月 11 日，香港大學正式啟用，除醫學和工程為首兩個成立的學院外，文學院亦隨後創立。1916 年 12 月，大學舉辦了第一屆大學畢業典禮，僅有 23 名畢業生，其中 12 名獲頒工學士學位，名單上可知修畢土木工程有 7 名，電機工程有 3 名及機械工程有 2 名。首位一級榮譽工學士為傅秉常（Foo Ping-sheung），修讀土木工程，後來成為何啟第六位女兒何燕芳的夫婿，因而認識何啟的姐夫、首名華人立法局非官守議員伍廷芳，後更擔任伍的秘書，成為港大一時佳話。

1912 年 5 月 20 日，孫中山（前右）訪港期間於港督府與護督施勛（前左）進行非官方會談，並與施勛、定例局議員何啟（後左一）及署理輔政司金文泰（後右一）等人合照。

1926 年香港大學工程學會（Engineering Society）學生合照。前排右二坐者為首位工程系的女學生曾廷謙。

1941 年 12 月 8 日日本開始侵襲香港，香港大學諾斯科特科學大樓（Northcote Science Building）被徵用作臨時食物儲藏庫，並設立空襲看守崗位。該大樓現已拆毀。

被看輕的文學院

港大文學院曾被視為香港大學半多餘的非親生兄弟（half-unwanted stepbrother），在外人眼中文學院的學生不及醫學院及工程學院的出色及有成就，彷彿不像港大孕育的親生子女。事實上港大文學院培訓了不少政經名人及文人雅士，張愛玲便是其中的表表者。

港大文學院成立之初，僅少數女性有機會入讀。1951 年港大文學院，出版了一本名為 *Pandora* 的學生雜誌（Pandora，潘朵拉是希臘神話中宙斯命令製造的地上首位女性）。內容以女學生角度取材，諷刺校內男學生主導的文化，講述功課繁忙及考試壓力等等。書中內容吸引，除有少女情懷總是詩的文章外，還介紹一些和文學院有關的古怪故事。

VNIVERSITY?

港大鄧志昂樓的前身是香港大學鄧志昂中文學院，1931 年啟用，為新古典主義的建築風格。建築物上寫上學院中英文名稱，其中的英文名竟寫為「VNIVERSITY OF HONG KONG」，而不是「UNIVERSITY」！*Pandora* 雜誌內寫到，傳說二戰日佔時期，日本人在該處吊死不少港人，而大學的首個英文字母 U 字似死刑用的吊環，故 U 字不受歡迎，而改為 V 字。另有說法指，牌坊和建築物上所

刻的是古老拼法，一般大楷英文的刻法會依照羅馬石的慣例，以 V 代
U，推測是因為鑿刀雕刻 V 字底部兩條直線，較 U 字底部弧線容易。
加上古典拉丁語字母中沒有 V 字，後期才出現並廣泛使用。除了鄧志
昂樓，美國很多法院、博物館及大學的建築物上都會看到以 V 代 U。

約 1958 年，香港大學文學院學生在荷花池前拍攝畢業團體照。前排右四是專長史學、中
國族譜學、客家學的羅香林老師，右五是專長國學的劉百閔老師，右七是港大中文系系主
任林仰山教授。

香港之戰

我與香港之間已經隔了相當的距離了——幾千里路，兩年，新的事，新的人。戰時香港所見所聞，唯其因為它對於我有切身的、劇烈的影響，當時我是無從說起的。現在呢，定下心來了，至少提到的時候不至於語無倫次。然而香港之戰予我的印象幾乎完全限於一些不相干的事。

〈燼餘錄〉，張愛玲

1939 年歐戰爆發且戰況越來越激烈，炮火打斷了張愛玲赴英的計劃及心願。她轉而向香港尋求升學機會，憑倫敦大學入學試優異成績向香港大學申請入學，最後獲接納，並通知她來港辦理入學手續。經姑姑介紹李開第工程師作監護人，張愛玲順利在 1939 年 8 月 29 日註冊，入讀文學院選修中文及英文科。在學期間她成績優異，1941 年獲得兩個獎學金，可惜日本侵戰爆發，香港淪陷，她被迫於 1942 年 5 月大學停課時返回上海。張愛玲在兩年多的大學生涯裏，遇上殘酷及無情的戰火，在漫天火光及炮聲隆隆中度過，看到炮火圍城下的生與死，她仍保持堅毅不屈的學習精神，締結了張愛玲和香港的半生緣。

香港的陷落，成全了張愛玲筆下《傾城之戀》的主角白流蘇外，亦成全了她自己。香港大學為張愛玲奠下奮發的台階，提供了滋養她創作心靈的土壤，她唸港大一年級時，曾代表香港投稿到上海《西風》雜誌的三週年徵文比賽中，以一篇題目為〈天才夢〉的散文獲得名譽獎第三名，這是她首次公開發表而獲獎的作品。

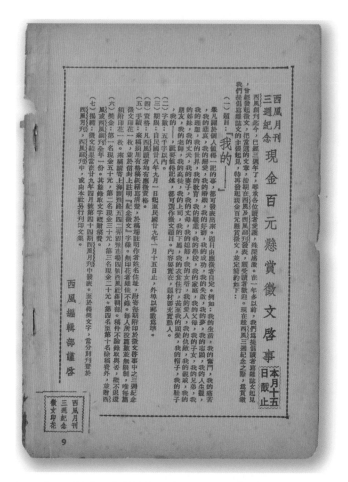

9

1940 年 1 月份《西風》雜誌第 41 期，內頁印有「西風月刊三週紀念 現金百元懸賞徵文啟事」，詳細定明參加細節。其中第二項清楚列明徵文字數要求在 5,000 字以內。不知道張愛玲是否犯了「我又忘了！」這老毛病，致 36 年後的 1976 年，她在著作《張看》附記裏重提有關這次徵文的不快往事。她連獲獎名次（誤會為第 13 名名譽獎）及徵文限定字數（誤會為 1,000 字）全都記錯了！

1940 年 4 月號《西風》月刊第 44 期封面以粗體字型印有「三週年紀念徵文揭曉」，內文指共收到 685 篇紀念徵文，執筆者為社會各階層、各種職業人士及學生，寄郵地址包括本外埠、香港及國內外各地皆有。

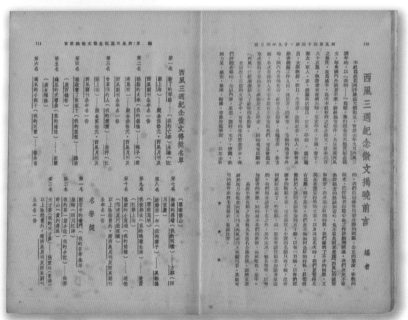

由於西風社實在收到太多精彩文章，決定僅在中選十名之外，另外定出三個名譽獎，以增加讀者的興趣，同時減少他們的歉憾。根據「三週年紀念徵文得獎名單」，張愛玲的〈天才夢（我的天才夢）〉榮獲名譽獎第三名。名單中張愛玲是代表「香港」地區參賽的。

張愛玲返回上海後的兩年，分別發表了她一生最重要及最巔峰的作品，包括：《傾城之戀》、《封鎖》、《紅玫瑰與白玫瑰》、《金鎖記》、《沉香屑 —— 第一爐香》、《沉香屑 —— 第二爐香》等等。當中不少作品提及香港，包括：香港大學的校園和宿舍、淺水灣酒店、寶珊道、巴丙頓道、港島半山等，寄寓了她對香港的情感，側寫香港的風情。

★ 三週紀念得獎徵文集 ★

天才夢

上海西風社發行

西風社將《西風》雜誌三週年的 13 份得獎徵文結集成書，並選以張愛玲榮獲名譽獎第三名的作品名「天才夢」為書名。圖為 1949 年 2 月《天才夢》徵文選集第 10 版。

天才夢（名譽獎第三名。）

——我的天才夢——

張愛玲

我是一個古怪的女孩，從小被目為天才，除了發展我的天才外別無生存的目標。然而，當童年的狂想逐漸褪色的時候，我發現我除了天才的夢之外一無所有——所有的只是天才的乖僻缺點。世人原諒瓦格涅（Wagner）的疏狂，可是他們不會原諒我。

加上一點美國式的宣傳，也許我會被譽為神童。我三歲時能背誦唐詩。我還記得搖搖擺擺地立在一個滿清遺老的藤椅前朗吟「商女不知亡國恨」，眼看著他的淚珠滾下來。七歲時我寫了第一部小說，一個家庭悲劇。遇到筆劃複雜的字我常常跑去問廚子怎樣寫。第二部小說是關於一個失戀自殺的女郎。我母親批評說如果她要自殺，她決不會從上海乘火車到西湖去自溺。可是我因為西湖詩意的背景，終於固執地保存了這一點。

我唯有的課外讀物是西遊記與少量的童話。八歲那年，我嘗試過一篇類似烏托邦的小說，題名快樂村。快樂村人是一好戰的高原民族，因克服苗人有功，蒙中國皇帝特許自治……

你的聰明而豐富的想像一定勝過我的描寫多多，我怕徵文的字數早已不容許我饒舌了。

而且這處我為甚麼要對你說這樣一個不愉快的故事，我虔誠地希望你讀後不要有一些感慨才好，才其別把遭幸澀味影響了你的晚餐。你不用擔心我有如此的一個不遜之客，你的頂好的朋友都不在此地，他們都飄散在天涯，有的追奔逐北，有的胼胝手足，謀升斗之給。你與不必舉心你的夫人，你們之間沒有秘密。遭不過左一篇徵文，一篇小說，一個向壁虛擬的故事，一個豆棚風架下的空言罷了。

或者，你只走打了一個呵欠，似了一個夢。你辦公同來不是很疲倦嗎？你雖然拿起西風來想排遣你的寂寞，其實你沒有看一點，你就睡覺了。雜誌已經掉在地上。你做了遭個離奇怪誕的夢。也許這譬喜昏影響了你；也許因為你近日接到幾封朋友的信，其中一封說及他的婚姻的美滿幸福，一封以憂愁的筆調屬他不期又遭近古希臘的悲劇。或者遭數者的錯綜。我不敢確定。但遍覽在是你的夢境。雖不是數十年的戀人。或者是你讀了幾篇古希臘的悲劇……

老寶夫人在嗣房又嬌聲喚你去嘗嘗蜜兒的敷漿呢。

1940 年 8 月號《西風》月刊第 48 期中，張愛玲榮獲名譽獎第三名的〈天才夢（我的天才夢）〉原文首次刊出。

港大留蹤

1996 年 6 月 30 日出版的《香港筆薈》第八期中，有一篇文章〈張愛玲的香港大學因緣〉，由該期刊的社長黃康顯所撰，當時他在香港大學執教。文章詳細考證張愛玲與港大的因緣及關係。

張愛玲入讀期間，港大校長名叫史羅斯（Duncan John Sloss），文學院的中文系教授是許地山，講師是馬鑑，教導翻譯的老師是陳君葆，英文教授是詹信（R. K. M. Simpson），講師為貝查（B. G. Birch），歷史系副教授是佛朗士（N. H. France）。當時文學院內除了中文系以外，其他科目大都由外國人任教。1940 年入學首年，她須選讀英文、中國文學、翻譯、歷史及邏輯；第二年則修讀英文、歷史、心理學、中國文學及翻譯。

英文科除了寫作訓練外，名家作品選讀、翻譯文學亦是必修的。中文科目包括文學史、文學批評、小說選讀、散文、詩歌、戲劇等等。張愛玲在這段學習時期，除受到名師許地山、陳君葆等教導外，亦憑個人的努力、勤奮及堅毅，為日後的寫作道路打好了穩固的基礎。

獲贈獎學金

根據港大資料，1941 年 6 月 4 日註冊主任向張愛玲發出兩封函件，通知她得到兩項獎學金，第一項名為 Nemazee Donor Scholarship 的捐贈獎學金，第二項為何福獎學金（Ho Fook Scholarship）。何福

獎學金是當時港大文學院兩項獎學金之一，第一個是頒給第二年考試成績最優秀的學生，另一個名額是給第三年考試的優異生，獎學金金額是 25 英鎊。由此可知當時張愛玲在港大的成績一定是同級中最優秀及最出色的。

《香港筆薈》第八期
（1996 年 6 月），
以「張愛玲在港大」
作封面及專題人物
介紹。

港大好友炎櫻

　　張愛玲入住的港大女子宿舍名叫聖母堂（Our Lady's Hall），位於今天的寶珊道八號。聖母堂原本是教會的修道院，在 1939 年 8 月底開辦，共可容納六十多位女生。當時港大共有六百多名學生，女生只佔五分之一，即約一百二十多名。當時港大學生中華僑子弟佔相當比例，包括來自中國、印度、馬來亞、越南等地，其中一位名叫炎櫻（Fatima Mohideen）的混血兒，是張愛玲的摯友。炎櫻姓摩希甸，名法提瑪，父親是阿拉伯裔錫蘭人（錫蘭為現今的斯里蘭卡），母親是天津人，在上海開摩希甸珠寶店。「炎櫻」是張愛玲替她改的名。

　　張愛玲筆下的文章多次提到炎櫻，〈炎櫻語錄〉便是其中的例子，語錄中透露炎櫻的許多話語都非常可愛又充滿靈性，像「每一個蝴蝶都是從前的一朵花的鬼魂，回來尋找它自己」、「月亮叫喊着，叫出生命的喜悅；一顆小星是它的羞澀的回聲。」、「不要緊，等他們仗打完了再去。撒哈拉沙漠大約不會給炸光了的。我很樂觀。」等等。另外，張愛玲的《傳奇》增訂本的封面亦由炎櫻設計，張愛玲的其他著作中部分插畫和照片亦由炎櫻創作、拍攝及着色。

張愛玲的摯友炎櫻。1944 年 8 月 10 日出版的《小天地》創刊號，收錄張愛玲寫的〈炎櫻語錄〉。

炎櫻語錄　張愛玲

我的朋友炎櫻說：「炎櫻描寫一個女人的頭髮，「非常非常黑，那種黑是盲人的黑。」

× × ×

炎櫻在報攤子上翻閱畫報，統統翻過之後，一本也沒買。報販諷刺地說：「謝謝你！」炎櫻答道：「不要客氣。」

× × ×

有人說：「我本來打算週遊世界，尤其是想看看撒哈拉沙漠，偏偏現在打仗了。」炎櫻說：「不要緊，等他們仗打完了再去。約不會給炸光了的。我很樂觀。」撒哈拉沙漠大

× × ×

炎櫻買東西，付賬的時候總要抹掉一些零頭

× × ×

每一個蝴蝶都是從前的一朵花的鬼魂，回來尋找它自己。」

× × ×

炎櫻個子生得小而豐滿，時時有發胖的危險，然而她從來不為這擔憂，很達觀地說：「兩個一加一等於五。」（這是我根據「軟玉溫香抱滿懷」勉強翻譯的。她原來的話是："Two armfuls is better than no armful.")

× × ×

關於加拿大的一胎五孩，炎櫻說：「一加一等於二，但是在加拿大，一加一等於五。」

—8—

〈燼餘錄〉中的香港與人心

　　圍城的十八天裏，誰都有那種清晨四點鐘的難挨的感覺——
寒噤的黎明，甚麼都是模糊，瑟縮，靠不住。回不了家，等回去了，
也許家已經不存在了。房子可以毀掉，錢轉眼可以成廢紙，人可以
死，自己更是朝不保暮。像唐詩上的「凄凄去親愛，泛泛入煙霧」，
可是那到底不像這裏的無牽無掛的虛空與絕望。人們受不了這個，
急於攀住一點踏實的東西，因而結婚了。

〈燼餘錄〉，張愛玲

　　張愛玲撰寫的〈燼餘錄〉在 1944 年 2 月的《天地》雜誌第五期上發
表，此散文的名稱跟張烺於清康熙 54 年（1715 年）的《燼餘錄》同名。
張烺的《燼餘錄》是按康熙的旨意撰寫的，是詳盡記錄明末清初張獻忠
在四川屠殺人民的史書。而張愛玲的〈燼餘錄〉，把香港的戰亂狀況和
期間的世俗活動放在同一個歷史時空之中，更把日常生活的現實寫於
前，日佔香港的歷史放於後，錯置寫法使得這篇散文顯得更加不平凡。
　　張愛玲在文中描寫港大學生對戰爭開始的反應：「戰爭開始的時

候，港大的學生大都樂得歡蹦亂跳，因為十二月八日正是大考的第一天，平白地免考是千載難逢的盛事。」1941 年 12 月 8 日，日軍第一天進攻香港。一個炸彈掉在張愛玲和同學宿舍的隔壁，舍監不得不督促她們避下山去，最後「港大停止辦公了」！之後張愛玲無家可歸，便去當防空員，但她心裏略有懷疑自己是否盡了防空團員的責任，曾在文中寫到「究竟防空員的責任是甚麼」。後來她更當上臨時護士。正如她在文首描述「戰時香港所見所聞，唯其因為它對於我有切身的、劇烈的影響，當時我是無從說起的。」

戰爭爆發後，許多港大學生負責一些守城或後勤工作，學校本部變成臨時救護站，在其上的男生宿舍梅堂（May Hall）變成所有外地學生住宿的地方。不久，校本部大樓被日軍強力的炸彈破壞，香港大學大禮堂（1956 年改稱陸佑堂）的屋頂更被炸毀，附近的救護中心被迫移往梅堂附近的兩座房舍。戰時港大有教員及學生殉難，包括兩位頒授醫學士的學生及張愛玲的歷史教授佛朗士。

不久，校本部成為港大師生的集中營，港大校舍不只荒廢，還被破壞，很多文件與紀錄都不知所蹤了，包括有關張愛玲的資料。港大於 1948 年才能完全復課，大部分學生需要在戰後轉讀他校，因此當張愛玲於 1952 年 9 月重回港大時，她應當再遇不到自己的戰前同學。

1941 年，被日軍炸毀的香港大學大禮堂，
即今陸佑堂。

香港日佔時期，以美國為
首的盟軍為打擊日軍以香
港作為大東亞共榮圈補給
輸送站，香港的機場、油
庫、船塢及港口設施等等
日佔基地受到盟軍多次空
襲。圖為盟軍於 1944 年
10 月 16 日偷襲佔港的日
軍，美軍第十一轟炸中隊
出動 B-25 轟炸機在港島
西區進行低空轟炸，海面
上有一艘日本軍艦被擊中
而冒煙燃燒。

上海南京街的四大百貨公司（先施、永安、新新及大新）之一的先施公司為上海老字號，由廣東中山籍的澳洲僑胞馬應彪於 1917 年 10 月建成開業。1937 年 8 月 23 日先施公司遭受一場空前浩劫，日軍收到情報派出戰機在先施公司上空投下重型炸彈，大樓的東南角及馬路即時爆炸，行人死傷嚴重，滿目瘡痍。

香港重光後，英國海軍艦隊「不屈不撓號」（HMS Indomitable）於 1945 年 8 月 29 日升起英國國旗，駛進香港維多利亞港，以示英國重執管權。圖上方可見日佔時期港島金馬倫山上有為紀念日軍而興建的「忠靈塔」，直至 1947 年 2 月 26 日終被拆毀。

1944 年 2 月，張愛玲在《天地》雜誌第五期上發表散文〈燼餘錄〉，描寫港大內的狀況以及學生對戰爭開始的反應。

尋找冰淇淋

〈燼餘錄〉中提到從中國內地來的同學艾芙林，她說自己身經百戰，擔驚受怕慣了，卻竟然是首個受不住戰爭帶來的破壞、恐怖及傷亡。相反張愛玲的摯友炎櫻，卻在恐怖中苦中尋樂及危中苟安，流彈打碎了浴室的玻璃窗，她仍「從容地潑水唱歌」。張愛玲更在梅堂看見男女同學的荒唐，戰亂撮合了許多本來無意的男女，「可憐又可笑的男人或女人，多半就會愛上他們最初的發現」。

戰火一停，「香港重新發現了『吃』的喜悅」，難道這就是正常的喜悅麼？恐怕這就是張愛玲文字的尖刻，在危難中，她吸收了最好的文學營養。她記得香港陷落後，她和同學怎樣滿街的找尋冰淇淋和嘴脣膏：「我們撞進每一家吃食店去問可有冰淇淋。只有一家答應說明天下午或許有，於是我們第二天步行十來里路去踐約，吃到一盤昂貴的冰淇淋，裏面吱格吱格全是冰屑子。」

冷眼看傾城之戀

張愛玲在 1943 年發表的小說裏，八篇中有一半關乎香港：《沉香屑 —— 第一爐香》、《沉香屑 —— 第二爐香》、《茉莉香片》與《傾城之戀》，而最末一篇《傾城之戀》，亦成為她的短篇小說巔峰之作。《傾城之戀》比〈燼餘錄〉早五個月，即在 1943 年 9 月發表，兩者之間的密切關係非常明顯，《傾城之戀》小說的下半部就跟〈燼餘錄〉中所描述的相同，都在寫日軍侵佔香港。

看過《傾城之戀》的人都會在〈燼餘錄〉中找到范柳原和白流蘇的影子。「有一對男女到我們辦公室裏來向防空處長借汽車去領結婚證書」。散文中提到這男子「在平日也許並不是一個『善眉善眼』的人」，然而他望着他的新娘子，眼裏只有「近於悲哀的戀戀的神情」。張愛玲知道戰爭的空虛與絕望，很容易讓男女急於攀住一點踏實的東西，因而結婚了。但一旦戰爭結束，一切回覆正常安穩以後，男的又會故態復萌及不安於室，明白在安穩的世界裏不再需要踏實的婚姻。

張愛玲離港兩年，在散文及小說中將其見聞和感受娓娓道來，然而在〈燼餘錄〉首段最末一句「香港之戰予我的印象幾乎完全限於一些不相干的事」，道出了她不受末世威脅的心態。張愛玲看多了政權交替及瞬息京華的現象，她寧可依偎在庸俗的生活裏，一個人過自己喜歡的生活。

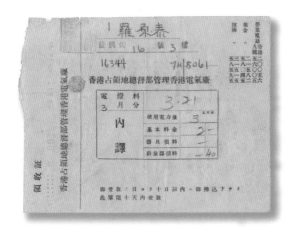

1944 年 4 月 28 日由香港佔領地總督部管理香港電氣廠發出的電費單，從總電費共 3.21 円計算，當時每度電為 27 錢，該電費需於發單 10 天內付款。

昭和 19 年（1944 年）當時一間名為宏隆昌記欄存現金入香港的橫濱正金銀行共 22,000 円。

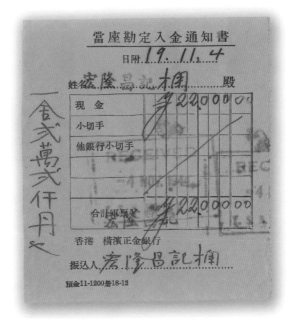

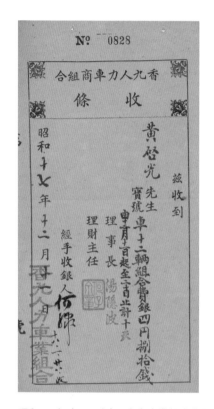

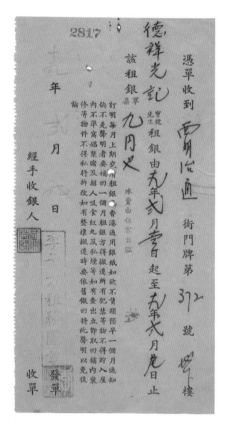

昭和 17 年（1942 年），人力車業組合費單（左）及西明治通（即皇后大道西）第 372 號地下的租單（右）。

傾城之戀

　　珍珠港那年的夏天，香港還是遠東的里維拉，尤其因為法國的里維拉正在二次大戰中。港大放暑假，我常到淺水灣飯店去看我母親，她在上海跟幾個牌友結伴同來香港小住，此後分頭去新加坡河內，有兩個留在香港，就此同居了。香港陷落後，我每隔十天半月遠道步行去看他們，打聽有沒有船到上海。他們倆本人予我的印象並不深。寫《傾城之戀》的動機 —— 至少大致是他們的故事 —— 我想是因為他們是熟人之間受港戰影響最大的。有些得意的句子，如火線上的淺水灣飯店大廳像地毯掛着撲打灰塵，「拍拍打打，」至今也還記得寫到這裏的快感與滿足，雖然有許多情節已經早忘了。這些年了，還有人喜愛這篇小說，我實在感激。

《回顧〈傾城之戀〉》，張愛玲

1943 年 9 月及 10 月，只有二十三歲的張愛玲在上海一份名叫《雜誌》的文學月刊上兩期連載她的中篇小說《傾城之戀》。她頓時聲譽鵲起，讀者讚賞不絕，她很快便成為當時上海文壇最紅的作家。

　　「傾城之戀」這四字，很容易令人聯想起「傾國傾城」、「一見傾心」或「傾世紅顏」等四字詞，到底張愛玲為何以「傾城之戀」作小說名？看過這發生於日佔前後的中篇小說故事，便很容易找到答案。「傾」為傾覆，「城」為城市，「戀」為戀愛，「傾城之戀」的意思是日佔下的城市裏發生的戀愛故事。其中城市不獨指香港，還有上海，即雙城戀愛。故事不單講述范柳原及白流蘇的相戀經過，還包括范柳原與另一印度籍女子薩黑夷妮公主的關係。

　　有部分人稱這小說可命名為「戰地鴛鴦」、「戰場上的戀愛故事」，甚至「日佔下香港的苦戀男女」，但大部分人認為以上名稱都勝不過「傾城之戀」這名字。在小說末章，寫有張愛玲的所思所想，從文字的描述可窺探她在只有二十三歲的年青時期，對戀愛的看法及期望。

　　香港的陷落成全了她。但是在這不可理喻的世界裏，誰知道甚麼是因，甚麼是果？誰知道呢？也許就因為要成全她，一個大都市傾覆了。傳奇裏的傾城傾國的人大抵如此。處處都是傳奇，可不見得有這麼圓滿的收場。

富有殖民地特色的淺水灣酒店建於 1920 年代,是香港具有歷史意義的酒店。淺水灣酒店曾招待不少名人,包括美國影星馬龍伯蘭度 (Marlon Brando)、諾貝爾文學獎得主海明威 (Ernest Hemingway)、愛爾蘭文豪蕭伯納 (George Bernard Shaw)、英國芭蕾舞蹈家瑪歌芳婷 (Margot Fonteyn) 等等,酒店更曾在電影《傾城之戀》、《生死戀》、《榮歸》等出現。香港日佔時期,淺水灣酒店被日軍用作醫院及療養中心,戰後才恢復酒店業務。1982 年淺水灣酒店拆卸,改建為影灣園,因露台餐廳曾出現在許鞍華電影《傾城之戀》而聞名於世,可以保留下來。

昭和 17 年(1942 年)香港日佔時期,日本畫家山口蓬春畫了一幅震撼的《香港島最後之總攻擊圖》,現收藏於京都國立近代美術館。上圖以《香港島最後之總攻擊圖》製成明信片,旁印有「陸軍省許可濟」字眼。

傾城之戀

上海為了「節省天光」，將所有的時鐘都撥快了一小時，然而白公館裏說：「我們用的是老鐘。」他們的十點鐘是人家的十一點。他們唱歌唱走了板，跟不上生命的胡琴。

胡琴咿咿啞啞拉著，在萬盞燈的夜晚，拉過來又拉過去，說不盡的蒼涼的故事——不問也罷！……胡琴上的故事是應當由光艷的伶人來扮演的，長長的兩片紅胭脂夾住瓊瑤鼻，唱了，笑了，柚子擋住了嘴……然而還這裏只有白四爺單身坐在黑沉沉的破洋台上，拉著胡琴。

正拉著，樓底下門鈴響了。……遶在白公館是一件稀罕事。按照從前的規矩，晚上絕對不作興出去拜客。晚上來了客，或是平空裏接到一個電報，那除非是天字第一號的緊急大事，多半是死了人。

四爺凝神聽著，果然三奶奶四奶奶一路嚷上樓來，急切間不知他們說些什麼。洋台後面的堂屋裏，坐著六小姐、七小姐，八小姐，和三房四房的孩子們，這時都有些惶然。四爺在洋台上，瞥處看亮處，分外眼明，只見門一開，三爺穿著汗衫短袴，揸開兩跟跕在門檻上，背遒手去，拾哇抬敲撲打膝際的蚊子，遑遑的向四爺叫道：「老四你猜怎麼著？六妹醒掉的那一位，說是得了肺炎，死了！」四爺放下胡琴往房裏走定，問道：「是誰來給的信？」

〔48〕

《傾城之戀》於 1943 年 9 月在《雜誌》首次發表，及後收錄於 1944 年出版的小說集《傳奇》。圖為《傳奇》中《傾城之戀》的首頁。

不同年代、時期、語言及出版社出版的《傾城之戀》。其中左上為 1959 年 10 月，台灣藝昇出版社發行的《傾城之戀》。

經典語錄

　　小說中男女主角的對答及情話吸引很多讀者，成為至今的名言佳句及經典語錄。

* 如果你認識從前的我，那麼你就會原諒現在的我。
* 有些傻話，不但是要背着人說，還得背着自己。讓自己聽見了也怪難為情的。譬如說，我愛你，我一輩子都愛你。
* 柳原道：「有人善於說話，有的人善於笑，有的人善於管家，你是善於低頭的。」流蘇道：「我甚麼都不會，我是頂無用的人。」柳原笑道：「無用的女人是最厲害的女人。」
* 范柳原在細雨迷濛的碼頭上迎接她。他說她的綠色玻璃雨衣像一隻瓶，又註了一句：「藥瓶。」她以為他在那裏諷嘲她的屏弱，然而他又附耳加了一句：「你就是醫我的藥。」她紅了臉，白了他一眼。

首部改編話劇

　　承着讀者這股熱愛《傾城之戀》的風氣，張愛玲嘗試將此小說改編成話劇。由編劇張愛玲及時稱話劇界上海四大導演之一的朱端鈞攜手合作，炮製四幕八場的話劇《傾城之戀》。1944 年 12 月 16 日首場演出，在上海新光大戲院隆重獻演。誰也預料不到《傾城之戀》竟可連演 80 場，場場座無虛席，可以盛況空前及轟動一時來形容！

張愛玲撰寫了兩篇小文〈羅蘭觀感〉及〈關於傾城之戀的老實話〉作演前宣傳,在公演前兩天,上海《力報》亦刊登了一名署名喋圓的讀者所寫的七言絕詩,表達期待話劇公演的情:

座中萬掌作雷鳴,
曲繪心頭欲沸情;
烽火香江鷗夢破,
果然此戀足傾城!

《傾城之戀》為張首次編劇的作品,也是她獲得最多掌聲及讚賞的一次嘗試。可惜,《傾城之戀》話劇劇本的手稿至今尚未發現,若然有天在拍賣場上出現,估計拍賣成交價定必創出張愛玲手稿的歷史高價!

首部改編電影

很多張愛玲的小說都不是為了拍電影而寫的,卻有多部被改編成電影,包括《傾城之戀》、《半生緣》、《紅玫瑰與白玫瑰》、《色,戒》及《怨女》。她的著作除包含了生動的人物、精采的對白、傳奇的故事外,還有其獨特的表現方式,猶如電影情節一樣。著名導演許鞍華也對「張愛玲的文采和她善於鋪陳細節、營造氣氛的技巧」着迷,並以改編她小說為目標。不過,改編是需要勇氣的,尤其當張愛玲的小說已獲得高度評價,導演需要以另一種代表方式來轉化原著,超越文字的抽象

靈動，實在不容易。何況她的文學風格，以「華麗與蒼涼」著稱！

　　許鞍華執導的《傾城之戀》，是第一部將張愛玲小說改編為電影的作品。電影的選角、取景、對白、服裝、拍攝手法等等都足見許鞍華的用心，受到不少讚賞。但有個別影評家認為許鞍華在此電影表現得過分循規蹈矩，無法表達張愛玲筆下人物的複雜個性及內心的蒼涼感。

電影《傾城之戀》特刊。封面及封底皆為女主角繆騫人。

香港導演許鞍華執導的電影《傾城之戀》(*Love in a Fallen City*) 於 1984 年
8 月搬上銀幕，電影改編自張愛玲同名小說，由邵氏兄弟出版發行。主演有
周潤發和繆騫人。《傾城之戀》獲「第四屆香港電影金像獎最佳電影配樂」及
「第 25 屆臺灣金馬獎最佳服裝設計」兩大獎項。

《傾城之戀》電影劇照。

飾演男主角范柳原的是香港著名男演員周潤發，他曾三次獲得香港電影金像獎最佳男主角，以及兩次臺灣金馬獎最佳男主角。戲中周潤發飾演從英國留學歸來的范柳原，個性風流倜儻、浪漫不羈，鍾情繆騫人飾演的白流蘇。最後，香港的淪陷成全了男女主角成婚，過着暫且平淡的生活。圖為劇照，右下是他的簽名式樣。

1984 年電影公映前夕，張愛玲特別由美國寄了一段《回顧〈傾城之戀〉》的短文給宋淇夫婦。她在文中回想當年在港生活的片段，寫小說《傾城之戀》的動機，並對港人喜愛這篇小說表示感激。該文刊登在同年 8 月 3 日的《明報》刊登。

淡紅的披霞

　　張愛玲因歐戰未能到倫敦大學升學，轉而入讀香港大學，雖未能赴英，但總算走出了上海的家庭陰影，走出了家族那不光彩的生活，走出了中學的不愉快時光，獨自到陌生的香港去尋找自由的生活。張愛玲能符合香港大學的入學登記要求，全有賴姑姑張茂淵的幫忙，找到當時在港工作的工程師李開第，願意為她作本地監護人。李開第生於 1898 年上海，年青時前往英國留學時結識張茂淵，回港後在怡和洋行香港分行工作，以西方的工程知識貢獻社會。張愛玲在港大求學期間，受到李開第像父親般的關懷及照顧，彷彿彌補了她自小失去父愛的日子。

　　張愛玲曾撰文寫張茂淵有一塊淡紅色的披霞，被姑姑視為珍藏之物，對它不離不棄，甚至比任何珠寶鑽石還珍貴。後來張愛玲移居美國後，忽然收到當年她在港大時的監護人李開第的來信，提及她的姑姑將作為他的繼室，並問及她的意見。張愛玲最後才恍然大悟，原來姑姑一直收藏的披肩，是李開第初結識時送給她的禮物。姑姑 60 年來都好好保存那塊披肩，珍而重之，那亦可算是她苦戀李開第的見證。

情為何物？

張愛玲曾經說過：「愛情可以填滿人生的遺憾。然而，製造更多遺憾的，卻偏偏是愛情。」「愛情」這兩個字是否代表伴侶會相親相愛，攜手終老？或是相忘相棄，各自婚娶？或是難忘滄海，一生等待？為了愛情，你願意等多久？願意不問月圓月缺，願意不理會花開花落，一生只守候着那份咫尺天涯的愛情？

張茂淵是晚清重臣李鴻章的外孫女，其父張佩綸，官至都察院左副都御史，她亦是張愛玲的姑姑。她清雅高貴，獨立率直，雖生長在一個顯赫家族，卻懷着一顆善良之心。1925 年，張茂淵剛滿二十四歲的時候，她在張愛玲母親黃逸梵的陪同下，一同前往英國留學。

李開第是上海人，父親李衡齋是清末秀才。李開第五歲進私塾，八歲進務敏小學，十二歲考入交通部所屬上海工業專科附屬學校（交通大學前身）。直至 1924 年，他在上海交通大學電機專業以優等成績畢業，並獲資助赴英國留學。翌年，他搭乘法國輪船前往英國曼徹斯特。

一見鍾情

1945 年 5 月 10 日，上海《雜誌》五月號刊登了張愛玲的散文〈姑姑語錄〉，當中有以下敘述：

她手裏賣掉過許多珠寶，只有一塊淡紅的披霞，還留到現在，因為欠好的緣故。戰前拿去估價，店裏出她十塊錢，她沒有賣。每

隔些時，她總把它拿出來看看，這裏比比，那裏比比，總想把它派點用場，結果又還是收了起來……姑姑嘆了口氣，說：「看着這塊披霞，使人覺得生命沒有意義。」

當時張愛玲完全不明白姑姑為何那麼愛惜這塊披霞，並對它不時嘆氣。被張愛玲稱為「K.D.」的李開第，究竟在何時何地，及如何認識張茂淵？坊間流傳數個版本，文獻上亦沒有特別記錄，只靠後人模模糊糊地回憶傳述。普遍說他們在 1925 年同乘輪船往英國期間，在甲板上邂逅，亦有說他們從英國學成返回上海後才相識，亦有部分記載他們於英國曼徹斯特由友人介紹認識。

雖然以上三個版本發生的時間及地點都不同，但有一點皆是相同的，就是形容他們初相識時那種感覺，那份互相愛慕，那樣互相傾情！那便是一見鍾情！他們像《紅樓夢》中賈寶玉初次遇見林黛玉時，那種仿如激波蕩漾及心猿意馬的觸電感覺，亦像在《白蛇傳》裏，白娘子與許仙在斷橋上的相遇至後來發展的水漫金山感人情節。

有緣有分

李開第看到的是張茂淵的迷人眼神及善良面容，而這些神情恰恰是他心儀已久的鍾愛，沒有甚麼可阻止這激情的發生！沒有甚麼可停止這愛心的散播！除非是非比尋常的事情，或是他雙親的拒絕。

世事往往事與願違，故事中的張茂淵不是一個普通女孩，她的外祖父李鴻章曾親手簽訂了被世人指為喪權辱國的《馬關條約》，父親張

佩綸更在馬江海戰（即馬尾海戰）中棄船狠狠逃竄，被稱為一介懦夫，其兄又是浪蕩公子。對李開第這樣的一個熱血男兒，縱使這都與張茂淵沒關係，但在李開第雙親的反對下，他們只能說有的是緣但沒有分。雙棲雙宿、形影不離這個夢想，只能留待緣分再來的時候才能實現。

最後，故事中的張愛玲姑姑張茂淵足足等待了半個世紀，在她七十八歲時下嫁給她的夢中情人李開第，他們在當年茫茫人海中認識，在有生之年終結為夫婦。

1945 年 5 月 10 日上海雜誌社出版《雜誌》五月號，除有特輯「關於女人」外，還刊登了張愛玲的散文〈姑姑語錄〉。

〈姑姑語錄〉首頁。

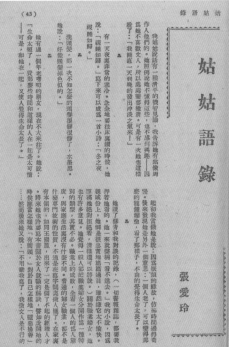

《紫羅蘭》的沉香屑

　　1941 年 12 月 8 日，日軍在偷襲珍珠港同日進攻香港，即使香港守軍頑強抵禦，但日軍的精銳部隊及先進武器，已令香港守軍在 18 天戰事中節節敗退。在缺彈缺糧及傷兵重重的情況下，為減少無謂傷亡，終在 12 月 25 日聖誕節當天，時任港督楊慕琦（Sir Mark Young）宣佈向日本無條件投降，香港正式淪陷，進入三年零八個月的黑暗歲月。

　　香港大學的重要建築物包括大禮堂（今陸佑堂）在戰事下被嚴重炸毀，部分教室倒塌下來，有些校舍更被日方用作軍事用途，大部分師生因逃命而撤離校園。當時學生身分的張愛玲，在香港經歷這場無情的戰火，她曾形容「港大停止辦公了」，她只好被迫停學逃離香港，1942 年 5 月返回家鄉上海。

　　張愛玲回到上海後，入讀由美國聖公會創辦享有盛譽的聖約翰大學，但昂貴學費令她需要兼職應付。在半工半讀的環境下，她體力不支再加上入不敷出，最後決定輟學轉而投身寫作，賣文為生，唯望早日成名，出人頭地。

賣文為生

　　1943年3月，不足二十三歲的張愛玲，手上帶着一份由園藝家黃岳淵撰寫的推薦信和自己的兩篇中篇小說《沉香屑 —— 第一爐香》和《沉香屑 —— 第二爐香》，到上海愚園路608弄94號，小心翼翼地叩響了「紫蘭小築」的大門，屋內住着的是《紫羅蘭》半月刊主編周瘦鵑。

　　周瘦鵑為「鴛鴦蝴蝶派」作家、文學翻譯家、編輯，亦從事園藝工作，以自己的寓所開闢了蘇州有名的「周家花園」。1916至1949年間，在上海歷任中華書局、《申報》、《新聞報》等編輯和撰稿人，其間同時主編或合編《半月》、《紫羅蘭》、《樂觀月刊》、《禮拜六》等等各種刊物。往後周瘦鵑回憶起張愛玲登門到訪的情景：

　　一個春寒料峭的上午，我正懶洋洋地呆在紫羅蘭庵裏，不想出門，眼望着案頭宣德爐中燒着的一枝紫羅蘭香嫋起的一縷青煙在出神。我的小女兒瑛忽然急匆匆地趕上樓來，拿一個挺大的信封遞給我，說有一位張女士來訪問。我拆開信一瞧，原來是黃園主人岳淵老人介紹一位女作家張愛玲女士來，要和我談談小說的事。我忙不迭的趕下樓去，卻見客座中站起一位穿着鵝黃緞半臂的長身玉立的小姐來向我鞠躬，我答過了禮，招呼她坐下。接談之後，才知道這位張女士生在北平，長在上海，前年在香港大學讀書……

《半月》半月刊於 1921 年 9 月創刊，
1925 年 12 月更名為《紫羅蘭》，前後
共刊有 4 卷 96 期。此雜誌曾在上海風
行一時，深受讀者歡迎。圖為《半月》
第 4 卷第 24 號，為臨別紀念號，富有
收藏價值。

圖為 1930 年 2 月 1 日出版的《紫羅蘭》
第 4 卷第 15 號，主編為「鴛鴦蝴蝶派」
作家周瘦鵑，由大東書局出版。《紫羅
蘭》於 1925 年 12 月問世，直至 1930
年 6 月第 96 期停刊，1943 年 4 月復
刊至 1945 年 3 月終刊。《紫羅蘭》早期
為 20 開本，呈正方形，被稱作「中國第
一本正方形雜誌」，它的封面設計追求
時髦，畫有美女圖案，版式注重美觀，
正文多附精彩圖畫。

周瘦鵑與張愛玲兩人談了一個多小時，分別時周告訴張需要一些時間看稿，請她一週後再來聽回音。一星期後，張愛玲一早到達周家，周瘦鵑指着兩篇稿本，稱讚不絕，問道：「我主編的《紫羅蘭》即將復刊，你是否願意將這兩篇小說發表在這本雜誌上？」她滿懷歡喜，毫不考慮一口答應了。

受歡迎的「特殊情調」

　　一個月後，周瘦鵑主編的《紫羅蘭》雜誌復刊了，張愛玲的《沉香屑 —— 第一爐香》則在五月的第二期全文發表，卷首還有周瘦鵑的〈寫在《紫羅蘭》前頭〉一文，讚揚這篇小說，還被後人稱之「國內第一篇盛讚張愛玲作品的評論文章」。該文寫有：「請讀者共同來欣賞張女士一種特殊情調的作品，而對於當年香港所謂高等華人的那種驕奢淫逸的生活，也可得到一個深刻的印象……」

　　張愛玲寫有「特殊情調」的《沉香屑 —— 第一爐香》，很快受到讀者熱烈歡迎，周瘦鵑成為她的伯樂，他乘勢將她另一篇篇幅較長的《沉香屑 —— 第二爐香》分三個月推出，這兩爐香差不多燒了整整四個月。當時張愛玲這名不見經傳的年青女作家，以這兩篇成名作很快在上海聲名鵲起，火速竄紅。

　　1943 年 8 月 10 日，周瘦鵑在《紫羅蘭》第五期〈寫在《紫羅蘭》前頭〉中寫到：「張愛玲女士的〈沉香屑〉第一爐香已燒完了，得到了讀者很多的好評。本期又燒上了第二爐香，寫香港一位英國籍的大學教授，因娶了一個不解性教育的年青妻子而演出的一段悲哀故事，敍述與描

寫的技巧，仍保持她的獨特的風格。張女士因為要出單行本，本來要求我一期登完的；可是篇幅實在太長了，不能如命，抱歉得很！但這第二爐香燒完之後，可沒有第三爐香了；我真有些捨不得一次燒完它，何妨留一半兒下來，讓那沉香屑慢慢的化為灰燼，讓大家慢慢的多領略些幽香呢。」

　　張愛玲在《紫羅蘭》雜誌發表小說後一鳴驚人，在上海其他具影響力的雜誌包括《萬象》、《雜誌》、《天地》、《小天地》、《大家》、《新中國報》、《苦竹》、《古今》、《新東方》等等都陸續有她的作品，當時大眾認為張是鴛鴦蝴蝶派作家之一。1950 年 3 月 25 日起，張愛玲以「梁京」為筆名在《亦報》連載她的首部完整的長篇小說《十八春》，直到 1951 年 2 月 11 日為止，後來張移居美國，改寫此小說並改名為《半生緣》。1951 年 11 月 4 日起，她再以「梁京」之名在《亦報》連載另一中篇小說《小艾》，直至 1952 年 1 月 24 日完結，迷倒了不少讀者。從 1943 至 1952 年那近十年時間，張愛玲攀上了文學巔峰，創造了文壇上的一個奇蹟！

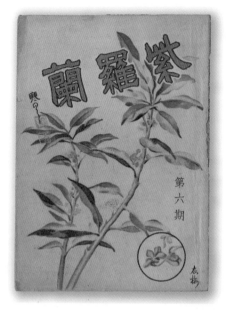

1943 年 5 月，張愛玲的小說《沉香
屑 —— 第一爐香》於《紫羅蘭》半月刊
上首次發表，一鳴驚人。《沉香屑 ——
第二爐香》接續在 8 月發表，張愛玲
很快在上海聲名鵲起，獲得甚多讀者
的好評。

《紫羅蘭》半月刊的拉頁上印有價目表，列明每月兩冊。

皇冠出版社於 1999 年出版《第一爐
香 —— 張愛玲短篇小說集之二》，封面
題字為樓柏安，封面設計為吳慧雯。

1943 年上海街頭的報紙雜誌
檔，除有《飛報》、《真報》、《誠
報》、《光報》、《力報》等報章
外，還有眾多不同種類的雜誌
期刊包括《西風》、《大家》、《幸
福世界》、《少女》、《西點》、《時
與潮》、《旅行雜誌》、《文藝復
興》、《文潮月刊》等。從以上各
式各樣的報紙雜誌，可看出淪
陷時期的上海還維持一定的精
神食糧。

青春

嘻笑、嬝鬧、認真、

苦惱的、

在著的時候

不覺得、

覺得的時候

只覺得

它漸々流走……

愛，沒有早一步

　　於千萬人之中遇見你所要遇見的人，於千萬年之中，時間的無涯的荒野裏，沒有早一步，也沒有晚一步，剛巧趕上了，那也沒有別的話可說，惟有輕輕的問一聲：「噢，你也在這裏嗎？」

　　以上佳句出自張愛玲一篇題為〈愛〉的短文，刊於 1944 年《雜誌》上。該小品雖名為「愛」，實為緣分的詮釋。她深信緣比愛還重要，若能在千萬人之中碰到有緣人，她願意把自己低到塵埃裏，與他開出花來。張愛玲寫過許多小說及散文，對於男人與女人之間的種種情感的牽連與博弈，有着驚人的洞察力，雖介花信之齡，但彷彿早已領悟人生各種窘境，嘗盡甜酸苦辣。她不是一個充滿浪漫夢想的女子，對於戀愛、婚姻似乎沒有太多期望，而她的擇偶標準也相當平實。

　　她曾在一個與蘇青對談訪問〈關於婦女、家庭、婚姻諸問題〉中提及：「……用丈夫的錢，如果愛他的話，那卻是一種快樂，願意想自己是吃他的飯，穿他的衣服。那是女人的傳統權利，即使女人現在有了職業，還是捨不得放棄的。」記者問到以女人的見解，對標準丈夫的

愛

張愛玲

這是真的。

有個村莊裏的小康之家的女孩子，生得美，有許多人來做媒，但都沒有說成。那年她不過十五六歲罷，是春天的晚上，她立在後門口，手扶着桃樹。她記得她穿的是一件月白的衫子。對門住的年青人，同她見過面，可是從來沒有打過招呼的，他走了過來，離得不遠，站定了，輕輕的說了一聲：「噢，你也在這裏嗎？」她沒有說什麼，他也沒有再說什麼，站了一會，各自走開了。

就這樣就完了。

後來這女人被親眷拐了，賣到他鄉外縣去作妾，又幾次三番地被轉賣，經過無數的驚險的風波，老了的時候她還記得從前那一回事，常常說起，在那春天的晚上，在後門口的桃樹下，那年青人。

於千萬人之中遇見你所要遇見的人，於千萬年之中，時間的無涯的荒野裏，沒有早一步，也沒有晚一步，剛巧趕上了，那也沒有別的話可說，惟有輕輕的問一聲：「噢，你也在這裏嗎？」

張愛玲的短文〈愛〉，刊於 1944 年 4 月 10 日上海《雜誌》。

條件是怎樣的呢？她說：「……我一直想着，男子的年齡應當大十歲或是十歲以上，我總覺得女人應當天真一點，男人應當有經驗一點。」

張愛玲的小說裏有戀愛、有哭泣、有喜樂、有悲歡、有美醜等等，但是否都曾經發生在她真實的人生上？誰想到她寫的一篇小說，令一個男人走進她的生活和心窩裏，影響她的一生。

《天地》生緣

若沒有《天地》，便沒有《封鎖》；若沒有《封鎖》，更不會有張胡這段相識。這段愛情因《封鎖》而生，也因封鎖而死！張愛玲與首任丈夫胡蘭成的認識、結婚至分手的故事，很多張迷至今都議論紛紛，大部分都替她感到不值，為何她要為一個多情薄倖、賣國求榮的男子「封鎖」自己，還付上終身幸福，只得來傷痛分手收場。

1943 年 11 月，一篇 8,000 字不到的短篇小說《封鎖》，首次刊登在由馮和議（即蘇青）主編的《天地》文學雜誌第二期上。《封鎖》不僅牢牢抓住了男女瞬間的愛情火花，還緊緊觸動了讀者的內心。這小說有一股迷人的魅力，受廣大的讀者熱愛和歡迎。

《封鎖》的故事寫在戰時的上海，男女主角乘坐的電車因突然宣告封鎖而停駛，這對陌生人在短時間裏的互動，從調情至萌生真實的感情。封鎖解除，瞬間的慾望結束，一切回復本來的秩序。與張愛玲的其他小說比較，《封鎖》深刻反映出都市男女的複雜心理，展示了現代人生活的壓抑狀態。小說一開始，她以重複的字句來表達主角生活的反反覆覆，作故事的導向，感染讀者，手法高明。

開電車的人開電車。在大太陽底下，電車軌道像兩條光瑩瑩的，水裏鑽出來的曲蟮，抽長了，又縮短了；抽長了，又縮短了，就這麼樣往前移——柔滑的，老長老長的曲蟮，沒有完，沒有完……開電車的人眼睛盯住了這兩條蠕蠕的車軌，然而他不發瘋。

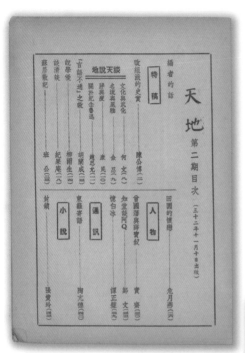

1943 年 11 月，《天地》第二期目次。該期刊有張愛玲的短篇小說《封鎖》，還有胡蘭成的特稿〈「言語不通」之故〉。

《封鎖》原文。

蘇青主編的《天地》雜誌於 1943 年 10
月 10 日創刊，封面由譚惟翰設計，中央
位置畫有一尊菩薩婆羅馬（Brahma），
是婆羅門教與印度教的三個大神之一，
稱為創造者，創造了天和地，以配合雜
誌的名稱。

1944 年 5 月 10 日出版的
上海《雜誌》上，刊有張
愛玲（下）、蘇青（右上）
及汪麗玲（左上）三位作
家的稀有玉照。該期還刊
有張愛玲的著名小說《紅
玫瑰與白玫瑰》及胡蘭成
的〈評張愛玲〉。

勝過韋小寶

　　金庸筆下最後一部小說《鹿鼎記》中的男主角韋小寶，雖然目不識丁、功夫差勁，但他機智過人、重情重義，不但結交了不少江湖兒女及英雄豪傑，更娶得七名女子，她們分別為沐劍屏、方怡、雙兒、蘇荃、建寧公主、曾柔及阿珂。

　　小說中的韋小寶對七位夫人愛護有加，彼此尊重，可謂盡享齊人之福，羨煞旁人。但現實中有一人名叫胡蘭成，他不只學識、家底、身型勝過韋小寶，「娶妻」的數目更勝韋一籌！若以尊重女性及承擔夫職程度比較，胡蘭成則被世人稱為「一代賤男」、「渣男」、「滾友」等等，這便可知他與韋小寶相差十萬八千里。

情事複雜

　　胡蘭成原名胡積蕊，小名蕊生，生於 1906 年，浙江省嵊縣人。父親胡秀銘務農為業，兼做茶葉生意，共有七名兒子，胡蘭成排行第六，父親給第六個兒子取名「蘭成」。他早年於私塾學習，後在燕京大學短

期旁聽，是個自學成才的學生。三十歲前他主要靠教書謀生，是個胸懷抱負的才子，不僅舞文弄墨，還對當時的政局發表高見，常欲以文才進入仕途。1936 年，他在《柳州日報》發表了一篇政論，引起當時政府的注意，更被監禁超過一個月。他卻因此事得到汪精衛的注意及賞識，成為汪派賣國集團中的主要筆杆子之一，號稱汪氏的「文膽」。抗日時期他曾在汪精衛政權下任職。

胡蘭成除了是張愛玲的第一任丈夫外，還與另外七位女士結婚、同居或有染。她們為結髮妻子唐玉鳳、中學教師全慧文、上海舞女應英娣、醫院護士周訓德、患難之交范秀美、有夫日婦一枝及上海魔女佘愛珍。

從二十歲玩世不恭至五十多歲，後客居日本仍故技重施，最終與佘愛珍結婚至 1981 年歿。他的行為無視女性尊嚴，極為嚴重地傷害她們的心靈，廣被世人辱罵！但故事中的女主角張愛玲，為何願意下嫁給他？

先見文章後見人

後來胡跟汪的意見逐漸分歧，胡蘭成很快就被免去職務。1943 年年底，一天他在南京的院子裏躺在藤椅上曬太陽，翻起一本 1943 年 11 月 10 日出版的《天地》第二期，雜誌內刊有他向主編蘇青投稿的文章〈「言語不通」之故〉，以回應蘇青在《天地》創刊號的〈論言語不通〉。

該文提到他認為自己一生常吃虧的事情，就是因為喜歡詢問與註解，他舉例：

還在中學讀書的時候，有一次和教務主任頂撞起來，他說：「給我滾出去！」我不該問了一聲：「我又不是皮球，怎麼叫做『滾』呢？」於是被開除了。這不過是以後無數次倒楣的起點。

　　當胡蘭成揭到雜誌的最後數頁時，看到一篇作者張愛玲的短篇小說《封鎖》，他對故事甚感興趣，不覺身體坐直起來，細細地把小說讀了一遍又讀一遍。胡蘭成意猶未足，讀其文欲見其人。竟立即去信蘇青打探張愛玲的背景及住址，希望認識她。

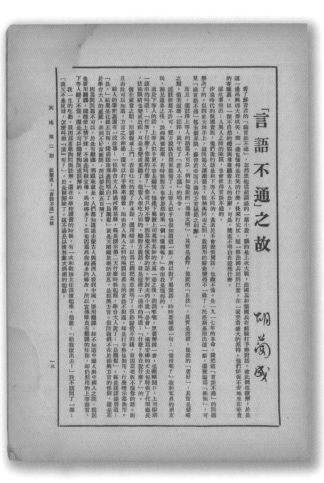

1943 年 11 月 10 日出版的《天地》第二期刊有胡蘭成撰文〈「言語不通」之故〉，題目下可見他的簽名。

常德公寓

　　蘇青向胡蘭成表示，張愛玲是不會見人的，但她顧慮胡的身分，便把張愛玲的住址告訴他，該地址是上海靜安寺路赫德路口（今常德路）195 號公寓 6 樓 65 室。該地方今天稱常德公寓，原名愛丁頓公寓，又名愛林登公寓，始建於 1933 年，樓高 8 層，為裝飾藝術派風格，出資建造者為意大利籍律師兼房地產商人拉烏爾・斐斯。

　　張愛玲曾寫過：「公寓是最合理想的逃世的地方。厭倦了大都會的人們往往記掛着和平幽靜的鄉村，心心念念盼望着有一天能夠告老歸田、養蜂種菜，享點清福。殊不知在鄉下多買了半斤臘肉便引起許多閒言閒語，而在公寓房子的最上層你就是站在窗前換衣服也不妨事！」

喜歡聽市聲

　　在香港山上，只有冬季裏，北風徹夜吹着常青樹，還有一點電車的韻味。長年住在鬧市裏的人大約非得出了城之後才知道他離不了一些甚麼。城裏人的思想，背是條紋布的幔子，淡淡的白條子便

148

是行馳着的電車 —— 平行的，勻淨的，聲響的河流，汨汨流入下意識裏去。

以上句子出自張愛玲的著名散文〈公寓生活記趣〉，寫這文章時她從香港返回上海才一年多，香港及電車便成了她的「回憶」！ 1939 年，張愛玲與母親、姑姑搬入赫德路常德公寓 5 樓 51 室，同年八月張離開公寓，前往香港大學攻讀中國文學，後於 1942 年離開淪陷的香港，返回上海常德公寓，轉至 6 樓 65 室繼續居住。

張愛玲在常德公寓完成了《傾城之戀》、《封鎖》、《金鎖記》、《心經》、《花凋》、《紅玫瑰與白玫瑰》、《沉香屑 —— 第一爐香》和《沉香屑 —— 第二爐香》等等，寫出了她人生中大部分精彩及重要的作品。1943 年，只有二十三歲的張愛玲聲名大噪，在戰爭尚未結束的孤島時期，很快便紅遍上海，達到她寫作事業的高峰。

她小說裏的愛情故事，膾炙人口，為人津津樂道，但自己的愛情故事卻一直被人議論。張愛玲在常德公寓成名、戀愛、結婚，亦在這裏離婚。

胡蘭成獲得張愛玲的地址後，便興致勃勃地坐車去上海，第二天便到常德公寓去拜訪她，沒想到吃了閉門羹，只好在字條上寫了自己的姓名及聯絡電話，塞進門洞。

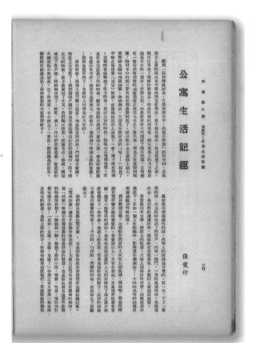

1943 年 12 月 10 日的《天地》雜誌第三期，刊出張愛玲的散文〈公寓生活記趣〉。

1944 年 1 月 10 日，《天地》雜誌第四期封面內頁中央位置，印有張愛玲的玉照。

張愛玲住在常德公寓期間，創作了小說《心經》，插圖亦由她一手包辦，刊登在《萬象》第三年第三期九月號上。

作者於張愛玲舊居常德公寓大門前留影。張愛玲曾在此生活六年多。

登門拜訪

　　居住在上海市赫德路常德公寓的張愛玲，看到不認識但略有所聞的胡蘭成留下的便條，頓時感到詫異及奇怪，自覺只是一名年輕女作者，竟令一名曾效力汪精衛的男子登門拜訪？猜估他是不是自己的讀者。

　　根據胡蘭成於 1958 年出版的《今生今世》上冊，在〈民國女子——張愛玲記〉一篇的描述，他留下字條的翌日，張愛玲來了電話，說親自來他家看他！胡蘭成家在上海市大西路美麗園，與她的家相隔不遠。當他第一眼在客廳看到張愛玲時，與他所想的完全不一樣。她遠看像一名女學生的模樣，但沒有學生的天真；再看像戰時一名落難文人，但沒有作家的舉止；三看又像一名十七八歲的女孩，但身體與衣裳彼此叛逆。雖然如此，兩人海闊天空無拘無束地暢聊起來，兩個人的心也在恍然間漸漸靠近，從最初的猜估至投契起來，不知不覺兩人傾談了五個小時。

文才與風流

　　胡蘭成被稱為才子作家，除會描寫湖光山色，風情民俗、世態人情甚至情愛故事，文風都獨具一格，甚得脫俗的讀者歡迎。一代文學界巨擘余光中教授曾撰文〈山河歲月話漁樵〉，痛罵胡蘭成的著作《山河歲月》中〈漁樵閒話〉一章，但亦曾稱讚他的「文筆輕靈圓潤，用字遣詞別具韻味，形容詞下得尤為脫俗。胡蘭成於中國文字，鍛煉極見功夫，句法開闔吞吐，轉折迴旋，都輕鬆自如，游刃有餘，一點不費氣力。」

　　他知識廣博沿於年幼好奇，加上後天努力及不斷渴求新知識。1906 年他生於浙江省紹興府嵊縣，但他的祖先並非嵊縣本地人，本以販牛為生，但一次不慎失火，將鄰近村民的稻田全部燒光，只得以牛作賠，後轉為租田種稻為生。胡蘭成自小已對《詩》、《書》、《易》、《春秋》有所認識，由於《詩經》為最居先，他熟讀最深，為他日後寫詩撰文打下了穩固的基礎。他自幼愛讀、愛聽、愛說，特別是先祖常說的故事，不時與人分享。聽者不自覺會愛上他的文采、口才及急才，若遇女流之輩，肯定投降信服，甚至對他千依百順。

你的身材這樣高

　　胡蘭成只覺「世上但凡有一句話，一件事，是關於張愛玲的，便皆成好。」他與張首次見面，便天南地北，他向她善意批評當時流行的作品，並說她的文章好在哪裏，講講他在南京的點點滴滴。更直接問

她每月寫稿的收入，她也毫不拒絕很老實地回答。他們的五小時談話中，胡蘭成的巧舌如簧及花言巧語，兼有一些逗人發笑的說話，張愛玲像被他說昏了。她彷彿變成一隻乖乖的綿羊，又是一個忠實的聆聽者，細聽他的一言一語。

後來，胡蘭成送她回家時，兩人並肩而走，他說：「你的身材這樣高，這怎麼可以？」當時張愛玲很詫異，幾乎要起反感了。

胡蘭成的著作《今生今世》
中〈民國女子 —— 張愛玲
記〉一章，寫了很多與張
愛玲的愛情故事，孰真孰
假，讀者自行判斷。

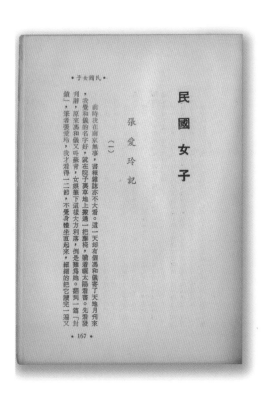

1947 年 12 月 11 日，上海
一份小報《飛報》的副刊上登
有「張愛玲香閨之秘密」的
報導。

低到塵埃裏

第二天，胡蘭成到常德公寓回訪張愛玲。今次她親自開門，迎接初次到訪的胡蘭成，走進她的閨房，在一股華貴之氣的環境下，他的溢美之詞滔滔不絕，張愛玲靜聽，胡如遇知音。縱使胡比她年長得多，她卻非常仰慕他的成熟，欣賞他的文才。

第二次見面後，胡蘭成寫了一首新詩給她，稱讚她謙遜。她以八個字回應：「因為懂得，所以慈悲。」後來，胡蘭成跟張愛玲說起喜歡她發表在《天地》月刊上的玉照，非常欣賞。第二天她即主動拿出此照片相贈，相片背後更題了一行字：「見了他，她變得很低很低，低到塵埃裏，但她心裏是歡喜的，從塵埃裏開出花來。」她寫出了頗含深意的情話，她終究是愛上了他。

桃樹下的愛

也許再理性再成熟的女人，一旦陷入感情世界便容易失去理智。特別是張愛玲，童年時缺少那份溫暖家庭的愛，那份父親愛護的愛，

更缺少那份知音人關懷的愛。一旦遇上這類男性，能補償她的「缺愛」，自然一拍即合，墜入情網。

張愛玲在 1944 年的情人節前，寫下震撼的短文〈愛〉，對在愛海浮沉的男女讀者來說特別窩心。

這是真的。

有個村莊裏的小康之家的女孩子，生得美，有許多人來做媒，但都沒有說成。那年她不過十五六歲罷，是春天的晚上，她立在後門口，手扶着桃樹。她記得她穿的是一件月白的衫子。對門住的年輕人同她見過面，可是從來沒有打過招呼的，他走了過來，離得不遠，站定了，輕輕的說了一聲：「噢，你也在這裏嗎？」她沒有說甚麼，他也沒有再說甚麼，站了一會，各自走開了。

就這樣就完了。

後來這女人被親眷拐了，賣到他鄉外縣去作妾，又幾次三番地被轉賣，經過無數的驚險的風波，老了的時候她還記得從前那一回事，常常說起，在那春天的晚上，在後門口的桃樹下，那年青人。

於千萬人之中遇見你所要遇見的人，於千萬年之中，時間的無涯的荒野裏，沒有早一步，也沒有晚一步，剛巧趕上了，那也沒有別的話可說，惟有輕輕的問一聲：「噢，你也在這裏嗎？」

每一步都發出音樂

此文刊登在 1944 年 4 月的上海《雜誌》月刊，文中最後一段暗示她在千萬人之中及在千萬年之久有緣巧遇胡蘭成，便是緣分。

同年翌月，胡蘭成隨即撰寫了一篇文章〈評張愛玲〉，刊在《雜誌》上。在文章開首便看到他怎樣以文字取悅及讚美張愛玲：

張愛玲先生的散文與小說，如果拿顏色來比方，則其明亮的一面是銀紫色的，其陰暗的一面是月下的青灰色。

是這樣一種青春的美，讀她的作品，如同在一架鋼琴上行走，每一步都發出音樂。但她創造了生之和諧，而仍然不能滿足於這和諧。她的心喜悅而煩惱，彷彿是一隻鴿子時時要想衝破這美麗的山川，飛到無際的天空，那遼遠的，遼遠的去處，或者墜落到海水的極深去處，而在那裏訴說她的秘密。她所尋覓的是，在世界上有一點頂紅頂紅的紅色，或者是一點頂黑頂黑的黑色，作為她的皈依。

從未入情關的年青女子張愛玲巧遇情場老手胡蘭成，又怎能抵受他的花言巧語，她甘心為這帶上假面孔的狐狸變得很低很低，低到塵埃裏，從塵埃裏與他開出花來！始終她因為年少時的不幸經歷，性格變得孤僻，容易寂寞，遇到胡蘭成後，她彷彿在人間找到了那份年少的愛，填補她心靈上的創傷。

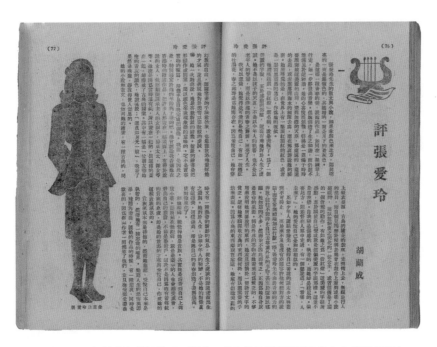

1944 年 5 月，胡蘭成在《雜誌》月刊撰寫一篇取悅及讚美張愛玲的文章〈評張愛玲〉。

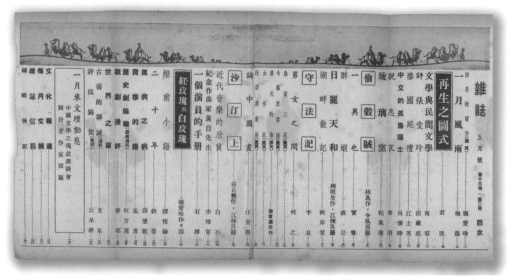

1944年5月,《雜誌》5月號第13卷第2期的目次中,可見胡蘭成的〈評張愛玲〉,張愛玲的小說《紅玫瑰與白玫瑰》及插圖《四月的暖和》。

《四月的暖和》插圖。

簽訂婚書

「從塵埃裏開出花來」張愛玲心目中這朵情花真的能開出來嗎？能天長地久？或只是短暫風光？

當時胡蘭成拋下家室不顧，與張愛玲一起公開露面，成雙成對，成為眾人皆知的事。貪新忘舊的他有了新歡，對妻子應英娣已沒有任何感情可言。最後，英娣忍受不了，與胡蘭成離婚收場，更在上海《申報》刊登離婚啟事。

自張愛玲在照片後寫上頗含深意的情話給胡蘭成後，兩人熱戀非常。有次二人逛街，張愛玲對他說：「你這個人呀，我恨不得把你包包起，像個香袋兒，密密的針線縫縫好，放在衣箱裏藏藏好。」顯然她已徹底沉溺在愛海裏。

中國式婚禮

1944 年，張愛玲不足二十四歲，下嫁三十八歲的胡蘭成。他顧及當時時局動盪，不至牽扯連累她，兩人簡單地寫了婚書。張愛玲在婚

書上寫道：「胡蘭成與張愛玲簽訂終身，結為夫婦。」胡蘭成加了兩句，最後變成：

胡蘭成與張愛玲簽訂終身，結為夫婦。
願使歲月靜好，現世安穩。

　　曾有說他們沒有舉行任何婚禮儀式，也沒有鋪張的排場，更沒有喧鬧的筵席，只以一紙婚書成婚。

　　到底他們有沒有在紅花燭下成婚行禮？這問題一直沒有肯定答案，直至 2006 年作家李黎（原名鮑利黎）所著的《浮花飛絮張愛玲》和 2018 年沈雲英記述整理的一部回憶錄《往事歷歷 —— 青芸口述回憶錄》，終於揭開這神秘面紗。胡蘭成的侄女胡青芸，曾見證並記下張愛玲與胡蘭成的婚禮。而沈雲英是胡青芸的三女兒，她替媽媽整理資料成書。

　　2004 年李黎一次巧遇，得見原以為只存在於《今生今世》書頁裏的胡青芸，真像是冥冥中的機緣安排。雖然胡青芸當時已年屆九十歲，但記憶力驚人，訪問中她記起胡張兩人不僅有一紙婚書，還舉行了一場「中國式婚禮」。當時見證人除了她外，還有張愛玲的好友炎櫻，而不贊同此段婚姻的姑姑張茂淵則躲在房間裏。

　　當時胡青芸只有三十餘歲，說起約 60 年前參與婚禮的過程還記憶猶新。她特別記得婚禮上的紅蠟燭，皆因紅蠟燭在中國傳統婚嫁習俗中是很重要的。當天兩位新人沒有準備蠟燭台，最後將紅蠟燭插在饅頭上，以作頂替。之後，兩人熱熱鬧鬧地「拜堂、進洞房」。

青芸記下的片段

青芸這位嵊縣胡村的傳奇女子，性格豪邁，敢於擔當，前半生在民國亂世下成長，又經歷多次政治運動，幸以九十五歲高齡善終。她年少時侍奉胡蘭成的母親直至過世，成年後為胡家大管家，胡蘭成的五個子女皆由她撫養成人。其後胡青芸丈夫在政治運動中被迫害至死，又獨力撫養五個親生子女成才。她實在具備中國傳統女性之美，是一位令人景仰的偉大母親。

她的三女兒沈雲英在《往事歷歷》中記述了媽媽的一些回憶：

🌸 我（青芸）叫她張小姐（張愛玲），她叫我青芸。那段時間，我每隔二三天要去她家一次，有時六叔（胡蘭成）在，有時六叔不在。

🌸 ⋯⋯然後一起朝前鞠躬，再互相拜一拜，之後六叔走上去抱張愛玲。

🌸 有一天，我到她家，看六叔不在，也要坐一坐，她看見我說：「你穿的衣服嘎老式，可以調調花頭了。」我說：「我穿來穿去總是老樣子，裁縫師傅也做不出甚麼花頭精。」我當時穿了一件棉的長袖長裙，普通式樣的旗袍。張愛玲突然拿出一張白紙頭，說：「要麼我給你設計一套。」說着她在紙上畫來畫去，畫出一件短旗袍圖，短開叉，中袖是倒頭大，穿起來袖子晃浪晃浪。畫完旗袍圖後，她對我說，和我一起去買布料，布店是在靜安寺，她喜歡兜馬路。當時就看中了兩塊布料，一塊是黑的，黑金絲絨，另一塊是寶藍色的洋緞。

而張愛玲在半自傳式小說《小團圓》中稱青芸為「秀男」，寫下以下精彩的描述：

　　九莉到他上海的住宅去看過他一次，見到秀男，俏麗白淨的方圓臉，微鬆的長頭髮披在背上，穿着件二藍布罩袍，看上去至多二十幾歲。那位聞先生剛巧也在，有點窘似的偏着身子鞠了一躬，穿着西裝，三十幾歲，臉上有點麻麻癩癩的，實在配不上她。「她愛她叔叔，」九莉心裏想。

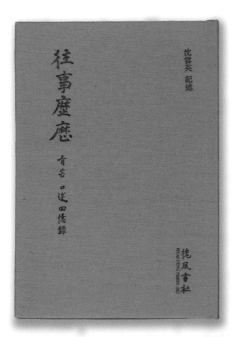

《往事歷歷 —— 青芸口述回憶錄》於
2018 年 7 月 1 日出版。

1944 年 10 月 10 日，光化出版社
出版《光化》雜誌創刊特大號，刊有
告白撰寫之〈張愛玲手札〉，內文寫
到：「可是在胡 ×× 先生筆下的張
女士，不但不可怕，而且太可愛了。
聞胡張有一次在 ×× 花園的精彩表
演，是亦一九四四年的文壇佳話，惜
知之者尠耳！」其中胡 ×× 是胡蘭
成，張女士是張愛玲。

千里尋夫

　　張愛玲與胡蘭成新婚初期,「照花前後鏡,花面交相映⋯⋯同住同修,同緣同相,同見同知」。胡蘭成曾在《今生今世》中寫到:

　　愛玲極豔,她卻又壯闊,尋常都有石破天驚。她完全是理性的,理性得如同數學,她就只是這樣,不著理論邏輯,她的橫絕四海,便像數學的理直,而她的豔亦像數學的無限。我卻不準確的地方是誇張,準確的地方又貧薄不足,所以每要從她校正。前人說夫婦如調琴瑟,我是從愛玲才得到調弦正柱。

　　夫妻本是同林鳥,大難臨頭各自飛。婚後胡蘭成談起時局,預感到大難將至,他跟張說:「我一定能夠逃脫過災難,只是頭兩年裏改換姓名,將來與你即使隔了銀河,也能相見。」她回應道:「那時你變姓名,可叫張牽,或叫張招,天涯海角有我在牽你招你。」

　　張愛玲真是太天真了,即使她牽他招他,這個花心漢會重視她嗎?視她為唯一伴侶?

166

仍墮溫柔鄉

1944 年 11 月，胡蘭成丟下張愛玲獨自去了武漢，主持《大楚報》。他很快便迷上了漢陽醫院一位頗有姿色的護士周訓德。周訓德當時只是個十七歲的少女，論才華不能與張愛玲相比，卻比張年輕貌美，胡蘭成很快便再陶醉於另一個溫柔鄉中。

1945 年 3 月，胡蘭成回到上海把認識周訓德這件事告訴張愛玲，她傷心卻平靜。雖然內心是嫉妒的，但仍然相信胡蘭成以前對她的感情、對她許下「歲月靜好，現世安穩」的諾言是真的，希望他仍留在自己身邊。但他回到武漢後，仍與周訓德在一起，把張愛玲拋諸腦後。

1945 年 8 月 15 日，日本向世界宣佈無條件投降，中國光復，胡蘭成成為通緝要犯。他逃到浙江諸暨，化名張嘉儀，自稱是張愛玲祖父張佩綸的後人。後來他找到老同學斯頌德家，當時斯頌德已經病逝，他的母親收留了胡蘭成。胡住久了怕被人發現及懷疑，斯頌德的母親和家人商議，決定讓斯頌德的庶母范秀美帶他到其溫州娘家尋找藏身之所。

范秀美帶着胡蘭成從諸暨出發去溫州，一路上孤男寡女，范秀美對他照顧體貼，才走到半道在浙江麗水一處，兩人就同居了。到達溫州後便住在范秀美娘家租住的九山湖寶婦橋徐家宅的一間廂房裏。范母老邁眼瞎，在屋內擠出一塊地，鋪床安置他們。他們便這樣成為夫妻，在范家人以及鄰居前胡范二人都以夫妻相稱。

已經不喜歡你了

　　1946 年 2 月，張愛玲從上海尋至溫州，找自己的丈夫。溫州這座城常常成為政治跌宕人物的避難所。大至浩然正氣的文天祥，小至玩弄感情的胡蘭成。胡蘭成沒有想到張愛玲會來，更沒想到能找到他。當她突然出現在他與范秀美面前時，他大吃一驚，對她千里迢迢來看他，沒有絲毫感激，也沒有溫存，而是氣急敗壞地罵道：「你來做甚麼？還不快回去！」

　　張愛玲對胡蘭成說：「我從諸暨麗水來，路上想着這裏是你走過的。及在船上望得見溫州城了，想你就住在那裏，這溫州城就像含有寶珠在放光。」她隱約覺得胡蘭成和范秀美的愛並未落實，要他在范秀美和自己之間做選擇。他巧言令色，並不抉擇，堅決要她快返回上海。她走時，天在下雨。後來張愛玲在給胡蘭成的信中寫道：「那天船將開時，你回岸上去了，我一人雨中撐傘在船舷邊，對着滔滔黃浪，佇立涕泣久之。」她卻仍寄錢給他：「你沒有錢用，我怎麼都要節省，幫你度過難關的。今既知道你在那邊的生活程度，我也有個打算了，不要為我憂念。」

　　後來范秀美意外懷孕，欲往上海墮胎，當時手頭甚緊的胡蘭成寫了一張紙條，托青芸帶范秀美去找張愛玲：「看毛病，資助一點。」她二話不說，拿了一隻金鐲子出來給青芸：「當掉，換脫伊，給伊做手術。」女人不為難女人，任俠相對，令人嘆為觀止，從中看到張愛玲的深情與仁義。

　　1947 年 6 月 10 日，張愛玲把撰寫電影劇本《不了情》、《太太萬歲》所得的編劇稿酬 30 萬元寄給胡蘭成，並附了一封信：

我已經不喜歡你了。你是早已不喜歡我的了。這次的決心，我是經過一年半長時間考慮的。彼惟時以小吉故，不欲增加你的困難。你不要來尋我，即或寫信來，我亦是不看了的。

從此，張愛玲與胡蘭成斷絕了！

小團圓的自白？

2009 年張愛玲半自傳式長篇小說《小團圓》面世。她於 1975 年完成此小說初稿，後經不斷修改，至她離世前仍在改動。此書讓讀者能以另一個視點和角度去看她的人生和愛情故事，也為張迷和張學研究者提供更多資料，去了解張愛玲及胡蘭成兩人的關係。在《小團圓》裏，其中一段描寫女主角盛九莉對男主角邵之雍的感覺：

她從來不想起之雍，不過有時候無緣無故的那痛苦又來了⋯⋯這時候也都不想起之雍的名字，只認得那感覺，五中如沸，混身火燒火辣燙傷了一樣，潮水一樣的淹上來，總要淹個兩三次才退。

盛九莉遇上了邵之雍。在之雍面前，九莉總是變得很低很低，低到塵埃裏，但她心裏是喜歡的，從心從塵埃裏開出火花⋯⋯

不論張迷多麼替張愛玲不值，但人生就是這麼無奈，就如她曾寫到：「這是一個熱情故事，我想表現出愛情的萬轉千迴，完全幻滅了之後也還有甚麼東西在。」

無數讀者千呼萬喚，
張愛玲最後、也最神秘的小說遺作
終於揭開面紗！

這是一個熱情故事，我想表達出愛情的萬轉千迴，
完全幻滅了之後也還有點什麼東西在。
——張愛玲

張愛玲逝世
15週年全新改版

2009 年 3 月，皇冠出版社出版張愛玲的小說遺作《小團圓》。根據宋以朗在書中前言表示，當年若非宋淇把關，指出胡蘭成與台灣的政治問題，《小團圓》早已在 1976 年發表了。

處女譯作〈謔而虐〉

要成為一個優秀的翻譯能手，需通竅多種語言，具有常識、判斷力和敏感度，還要配以精煉的文筆，才能令譯文雋永傳神，譯出原作的精髓及其所表達的深層意義。胡適說過他寫文章每小時可達八、九百字，但翻譯時則每小時只能譯四、五百字，速度僅及寫作的一半，原因是一個單字、一句句子或是一篇文章，內含不同意思及隱藏意義，翻譯不能搬字直譯，需兼顧上文下理及內裏所表達的真正意思。

寫作主要向自己負責，但翻譯必須顧及原作者的寫作特色，斟酌字句時就需要苦心經營。例如傅雷除了是作家及教育家外，還是一名專業翻譯，早年留學法國，中文及法文堪稱第一流，他在翻譯時一天平均不過譯千多字。如果傅雷單靠翻譯工作謀生，非得把全家老少餓得面有菜色不可。可是傅雷仍把一生大部分的精力和時間花在翻譯工作上，他極迷戀巴爾扎克（Honore de Balzac）、伏爾泰（Voltaire）及羅曼‧羅蘭（Romain Rolland）等等的作品，所以主要翻譯他們的作品。法國作家紀德（André Gide）曾說：「每一位優秀的作家，都應該

至少為自己國家翻譯出一冊優秀的文學作品。」在這一點上，傅雷已經超越了紀德的要求。

羨妒林語堂

有一人令張愛玲既羨又妒，這人便是林語堂，他曾被稱為「在中國以英文寫作的第一人」，很多人認為林語堂的英文暢順如流水行雲，開成轉合隨心所欲，到家極了。但她不認同。根據《張愛玲私語錄》，她從小妒忌林語堂，覺得他不配，他的中文比英文好。所謂「不配」，是指林語堂用英文寫的書在英美暢銷，令他名成利就。

林語堂的名著 *The Importance of Living*（《生活的藝術》），於1937年由美國紐約約翰‧黛公司出版，甚獲好評，同年獲美國「每月書會」選為該月的特別推薦書。《生活的藝術》第一個中譯本，在1938至1941年上海的《西風》月刊上發表，由其主編兼發行人黃嘉德翻譯。張愛玲收錄在《流言》的散文〈私語〉寫到：

我有海闊天空的計劃，中學畢業後到英國去讀大學，有一個時期我想學畫卡通片影片，儘量把中國畫的作風介紹到美國去。我要比林語堂還出風頭，我要穿最別緻的衣服，周遊世界，在上海自己有房子，過一種乾脆利落的生活。

《西風》月刊於1936年9月由黃嘉德、黃嘉音兄弟創刊，香港總銷售處為美美公司，由林語堂撰發刊詞。1940年3月再創辦《西書精

華》季刊，以「譯述西書精華，介紹歐美讀物為目標，對西洋文化作進一步之介紹」。張愛玲的早期小說、散文、畫作等等都曾出現在上海及部分在香港的雜誌及報章上，包括《西風》、《紫羅蘭》、《萬象》、《大家》、《雜誌》、《新東方》、《天地》、《小天地》、《苦竹》、《太平》、《大美晚報》、《小日報》、《亦報》、《太平洋週報》、《海報》等等。但一本名為《西書精華》的季刊則被大多數人遺忘，正是滄海遺珠，原來它埋藏了張愛玲在二十二歲時發表的一篇翻譯處女作！

根據黃康顯的文章〈靈感泉源？情感冰原？張愛玲的香港大學因緣〉，張愛玲在香港大學就讀時，教導翻譯的是中文系的講師陳君葆先生。張愛玲首兩年須修讀英文、中國文學、翻譯、歷史、邏輯及心理學等等。

她曾提及過去在香港讀書的時候非常發奮用功，看過不少外國小說及名著。1941 年 1 月中期考試張愛玲的成績單上，她在翻譯科獲得 92 分之最高成績，全班稱冠。1941 年 6 月她的首篇選節譯文〈謔而虐〉刊登在《西風精華》上，原作者為美國作家哈爾賽（Margaret Halsey）。

對部分人懷惡意

林肯（Abraham Lincoln）是第 16 任美國總統，在任期間美國爆發內戰，他堅決反對國家分裂，廢除叛亂各州的奴隸制度，解放黑奴，維護了不分人種、不分膚色、人人生而平等的權利。可惜在 1865 年 4 月 14 日南北內戰結束後不久，林肯在華盛頓福特劇院被約翰・威爾斯

（John Wilkes Booth）殺害，成為第一位遭刺殺的美國總統。林肯死後，很多美國人都懷念他，更記起他在 1865 年 3 月 4 日舉行的第二任美國總督就職演說中的重要講話：

不對任何人懷惡意，對任何人抱好感，堅持上帝向我們彰顯的正義，讓我們繼續奮鬥，完成我們正在進行的工作，治療國家的創傷……

其中「不對任何人懷惡意」（With malice toward none）這句說話，成為當時的流行金句。七十多年後的 1938 年，一位作家哈爾賽出版了一本名叫 *With Malice Toward Some* 的書籍，以林肯名言「不對任何人懷惡意」作二次創作，以「對部分人懷惡意」作書名，全書共 270 多頁，並加插著名漫畫家 Peggy Bacon 的插圖，由 Simon & Schuster 公司出版。

雖然此書是作者哈爾賽首本著作，但新書出版不久，銷量竟超過 60 萬本，成為當時英美最暢銷書籍。正在港大攻讀的張愛玲留意到此書並借來閱讀，看看可否作為她首篇翻譯之作。

謔而虐

當時真正認識三十年代的英國及美國在文化、教育及修養各方面的異同的人不多，美國人對英國人的印象是怎樣的？是好是壞？以往甚少書籍提及，所以哈爾賽寫了 *With Malice Toward Some*，將這兩

個國家的人性和作風公開在讀者眼前，自然大受歡迎。

　　張愛玲看過此書後，決定挑選部分精彩章節翻譯。她並不直譯書名，卻選以成語「謔而不虐」作二次創作，變成「謔而虐」。「謔」為開玩笑，「虐」為捉弄、侵害，「謔而虐」代表開玩笑捉弄人。她譯畢隨後投稿到上海西風出版社。終於在 1941 年 6 月《西書精華》第 6 期（民國 30 年夏季號）上，張愛玲的名字首次出現在翻譯作品〈謔而虐〉旁。從此，張愛玲的其他翻譯作品例如《老人與海》、《愛默森選集》、《小鹿（即《鹿苑長春》的前身）》、《睡谷故事李伯大夢》、《美國散文選》、《美國詩選》、《美國現代七大小說家》等等亦相繼面世。

1938 年，美國女作家哈爾賽首次出版 *With Malice Toward Some*。

1941 年 6 月，張愛玲最早的翻譯作品〈謔而虐〉發表在西風月刊社出版的《西書精華》第六期。

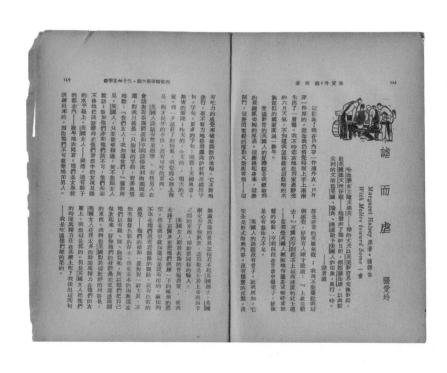

張愛玲於 1941 年 6 月發表的首篇翻譯作品〈謔而虐〉。

1954 年 1 月，香港天風出版社出版由張愛玲選譯的《愛默森選集》，不超過四個月該書銷售一空，天風再加印新版以應付讀者的需要。

由張愛玲、方馨、湯新楣等譯作之《歐文小說選》（*The Best of Washington Irving*），1963 年今日世界出版社出版。全書小說共 10 篇，張愛玲只譯了第一篇〈無頭騎士〉。

《鹿苑長春》（*The Yearling*）是美國作家瑪僑麗‧勞林斯（Marjorie Kinnan Rawlings）於 1938 年發表的兒童文學小說，被翻譯成超過 20 種不同語言。1962 年 7 月，今日世界出版社出版了譯本《鹿苑長春》，譯者是張愛玲。

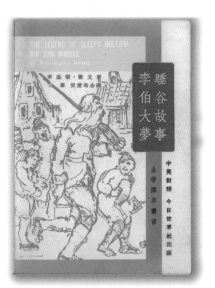

被譽為「美國文學之父」的華盛頓‧歐文（Washington Irving），生於美國曼哈頓，是美國著名作家、短篇小說家及律師。張愛玲選擇他的作品包括《睡谷故事》、《李伯大夢》等作翻譯。中篇小說《睡谷故事》，又稱〈無頭騎士〉，是華盛頓‧歐文於 1819 年首次發表，取材自德國無頭騎士的民間傳說。

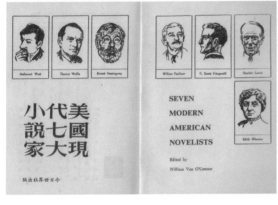

張愛玲、林以亮、於梨華和葉珊翻譯的《美國現代七大小說家》,由今日世界出版社於 1967 年 5 月出版。張愛玲除翻譯原編者的序外,還翻譯辛克萊・路易士 (Sinclair Lewis)、海明威 (E. M. Hemingway) 和湯麥斯・吳爾甫 (Thomas Wolfe) 三位作家的小說;林以亮翻譯斯葛特・費滋傑羅 (F. Scott Fitzgerald);於梨華翻譯伊德絲・華頓 (Edith Wharton);葉珊譯威廉・福克納 (William Faulkner) 和拿撒奈・韋斯特 (Nathanael West)。筆者擁有兩本初版本,封面均由李威林設計 (最上),但兩書的內文首兩頁的設計有別,小說家伊德絲・華頓的頭像調動了位置,用色也不同 (中及下)。

李志清作品

首篇影評

　　張愛玲的小說與散文著稱於世，其電影評論與劇本創作亦深受廣大讀者的喜愛。她從中表達自己對電影世界的看法及感想，亦將小說故事以電影手法表現出來，令筆下人物活現銀幕，角色就彷彿在現實世界裏出現，在你和我之間。張愛玲有多部出色的小說曾多次被改編成影視作品及戲劇，為更多人所認識，例如《傾城之戀》、《色，戒》、《半生緣》、《紅玫瑰與白玫瑰》、《情場如戰場》、《金鎖記》、《怨女》、《不了情》、《六月新娘》等等。

　　張愛玲的弟弟張子靜的著作《我的姊姊張愛玲》，回憶姊姊在求學時期已非常愛看電影，更喜歡多位中外電影明星，包括中國影星阮玲玉、石揮、上官雲珠、陳燕燕、藍馬、趙丹、顧蘭君、談瑛、蔣天流等，外國影星則有奇勒・基寶（Clark Gable）、慧雲李（Vivien Leigh）、賈利・古柏（Gary Cooper）、瓊・克勞馥（Joan Crawford）、蓓蒂・戴維斯（Bette Davis）等等。張愛玲的床頭經常放有美國荷里活電影雜誌如 *Movie Star*、 *Screen Play* 等等。

張愛玲看卡通

卡通，是英語 Cartoon 的漢語音譯，指以幽默、諷刺或不寫實的繪畫形式表達，或連環圖，或漫畫或插畫。後來人們利用動畫技術，將單幅的漫畫改成多幅會活動的卡通，在熒幕上播映，變成卡通電影，俗稱卡通片。例如香港有為人熟悉的老夫子電影，中國有喜羊羊與灰太狼卡通片。而世界聞名的卡通非和路・迪士尼（Walt Disney）的出品莫屬。

在二十世紀三十年代的上海，卡通電影只是電影院播放正片之前加插的小片段，提供短暫的娛樂及輕鬆時刻，是特別為跟隨父母看戲的孩子而製作。那麼對大多數入場的成年觀眾，卡通畫在他們心目中究竟佔有甚麼地位？不足十七歲、快將中學畢業的張愛玲，對當時的卡通電影發展已有宏觀的看法，更以此為題寫了人生第一篇影評。

1937 年，張愛玲在上海聖瑪利亞女校的年刊《鳳藻》上（總第 17 卷），發表人生首篇影評，名為〈論卡通畫之前途〉。她預見卡通動畫的廣泛發展及光明前途，因它不僅取悅兒童，還受到不同年齡和階層的朋友歡迎。

未來的卡通畫能夠反映真實的人生，發揚天才的思想，介紹偉大的探險新聞，灌輸有趣味的學識。譬如說，「歷史」，它就能供給卡通數不盡的偉大美麗的故事。這些詩一樣的故事，成年地堆在陰暗的圖書館漸漸地被人們遺忘了，死去了；只有在讀歷史的小學生的幻想中，它們有時暫時蘇醒了片刻。卡通畫的價值，為甚麼比陳

列在精美展覽會博物院裏的古典的傑作偉大呢？就是因為它是屬於廣大的熱情的羣眾的⋯⋯

卡通的價值決不在電影之下。如果電影是文學的小妹妹，那麼卡通便是二十世紀女神新賜予文藝的另一個玉雪可愛的小妹妹了。我們應當用全力去培植她，給人類的藝術發達史上再添上燦爛光明的一頁。

1937 年，張愛玲以十七歲的早慧，預見了卡通動畫的光明前途，認為它不僅僅是取悅兒童的無意識的娛樂，還能夠反映真實的人生，發揚天才的思想，介紹偉大的探險新聞，灌輸有趣味的學識。它屬於廣大的熱情的羣眾，其價值決不在電影之下。張愛玲以個人觀點，回顧卡通動畫在二十世紀日新月異的發展，確是真知灼見。

1957 年 5 月 29 日，電影《情場如戰場》首日在香港上映，是張愛玲首個在港上映的電影劇本。本片由林黛、陳厚等紅星主演，國際電影懋業有限公司製作。張愛玲曾表示她在百忙中寫好這劇本，並且一再向電懋叮囑，這齣戲無論如何都要由林黛主演，因為女主角的個性與外型，她都以林黛為對象來創作的。圖為《情場如戰場》的本事及拍攝花絮特輯。

《情場如戰場》的電影劇本並非張愛玲原創，此片糅合《願嫁金龜婿》（How to Marry a Millionaire）及〈紳士喜歡金髮女郎〉（Gentlemen Prefer Blondes）兩套外國電影改編而成。圖為《情場如戰場》的本事及拍攝特輯。

「這齣戲裏的噱頭雖不好，是我自己想的，至少不會犯重。」這是張愛玲於1958 年在完成《桃花運》劇本時的自貶。其實該影片不只劇情創新，亦符合五十年代香港追求西方摩登思想的特色。《桃花運》由電懋製作，葉楓、陳厚、王萊、劉恩甲等主演，講述丈夫飛黃騰達，卻移情愛上風情萬種的歌女。面對另一半變心，大方得體的妻子採取連串高招，一面資助歌女的窮男友，一面提出分走大部分財產的離婚協議，成功挽救婚姻。圖為《桃花運》的彩色廣告。

1960 年 1 月 23 日，《星島晚報》刊登了由葛蘭主演的《六月新娘》電影廣告，寫有「名女編劇家張愛玲精心傑作」及宣傳字句「魯男子失愛得愛，俏新娘拒婚完婚」。

桑與張的《不了情》

1961 年由陶秦執導於香港上演的電影《不了情》，令女主角林黛成為亞洲影后，幕後代唱歌手顧媚演唱的主題曲《不了情》，更成為經典國語金曲。1947 年上海亦有一套同名電影《不了情》，由桑弧執導，文華影片公司製作，主角為銀幕情侶陳燕燕及劉瓊。1947 年 4 月 9 日在上海滬光大戲院試映，一鳴驚人！至於誰是這部電影的編劇，就是張愛玲。

《不了情》是文華影片公司成立後拍攝的第一部影片。故事講述貧寒的家庭教師廖家茵與家庭不睦的已婚中年商人夏宗豫互相愛慕，夏欲離婚，跟廖結成夫婦。廖不忍奪去他人丈夫，加上父親的胡攪蠻纏，令她陷入理智與感情的兩難。最後她毅然自斷情愛，向夏謊稱要回家鄉和表哥結婚，隻身到千里之外的廈門教書，結束這段情緣。

當時的荷里活影片經常出現相類的故事情節。《不了情》是張愛玲首次嘗試編寫的電影劇本，在 1946 年 12 月 26 日至 1947 年 1 月 12 日，短短半個月的時間便把這個劇本一揮而就。稍作修改後 2 月 6 日由桑弧執導開拍，至 3 月 22 日停機殺青。同年 4 月初，《不了情》在上

海公映，反應相當熱烈，被譽為「勝利以後國產影片最適合觀眾理想之巨片」。

張愛玲除喜歡寫小說及散文外，對戲劇的創作及電影的興趣亦與日俱增，她於1943年撰寫小說《傾城之戀》，1944年改編成劇本搬上舞台，大受民眾歡迎。1946年跟導演桑弧首次合作《不了情》過程非常愉快，後來她根據此電影劇本改寫成小說《多少恨》，小說於1947年5、6月在《大家》月刊第二及三期連載，是張愛玲唯一一次由電影劇本改編成小說。張愛玲的「文」，加上桑弧的「武」，兩人很快便成為銀幕上的最佳拍檔。

寡言拘謹的導演

桑弧原名李培林，1916年生於上海，原籍浙江省寧波市。他的筆名「桑弧」，取自一首古詩「當年蓬矢桑弧意，豈為功名始讀書」，有鼓勵勸勉男子之意。《禮記‧射義》有云：「故男子生，桑弧蓬矢六，以射天地四方，天地四方者，男子之所有事也。」意指男孩出生時，以桑木製弓，蓬草作矢，射向天地四方，以表示男兒長成必如蓬矢般雄飛四方，志向遠大。

他是中國內地著名導演及編劇家，1941年創作了首部電影劇本《靈與肉》，1944年執導個人首部電影《教師萬歲》，1947年執導張愛玲編劇的電影《不了情》而一炮而紅。接着的《太太萬歲》、《哀樂中年》、《梁山伯與祝英台》（越劇）、《白毛女》（舞劇）、《祝福》、《第二個春天》、《她倆和他倆》、《子夜》及《郵緣》等電影或舞台劇，深受

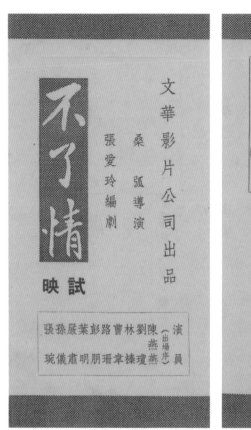

1947 年 4 月 9 日上午 10 時半，文華影片公司首齣電影《不了情》於上海滬光大戲院試映。上映前特別印刷了一批精美的「試映票」（左：正面，右：背面），奉送給傳媒及選定的嘉賓名流，入場觀看及指教。試映票上除印有大字體《不了情》的戲名外，還看到編劇張愛玲及導演桑弧的名字。

1947 年 4 月 24 日刊登在《新聞報》上的《不了情》廣告，以「獻給多情的青年男女」作宣傳，在上海滬光及卡爾登戲院每天各映四場，分別是「二半、四三刻、七時及九一刻」。

1947 年 7 月 5 日刊登在《浙甌日報》上的《不了情》廣告，以銀幕大情人陳燕燕及劉瓊作宣傳，在大光明電影院放映。並印有「情近於癡　愛人於真」及「地老天荒，堪嘆古今情不盡。癡男怨女，可憐風月債難酬」等字眼。

1947 年 4 月，《不了情》廣告刊登在山河圖書公司的《大家》雜誌創刊號上。除印有陳燕燕及劉瓊領銜主演外，還印有編劇張愛玲及導演桑弧的名字。

觀眾歡迎，部分更獲中國文化部優秀影片金獎及墨西哥國際電影節銀帽獎。

認識桑弧的朋友指他的性格內向寡言，為人誠實拘謹，較難了解他的內心世界，埋藏在心裏的情感更難以捉摸。

文華開山之作

1968 年桑弧寫了一份共五頁的手稿，題為〈交待有關文華公司和馬景源的一些情況〉，內容指中國電影事業家吳性栽於 1946 年在上海創辦文華影片公司，廠址在上海徐家匯，也就是原來老聯華影業公司的舊廠位置。首任經理為吳邦藩，桑弧和黃佐臨負責創作，龔之方負責廣告宣傳。1947 年馬景源由樓子春介紹進入文華公司，負責發行和財務工作。

文華影片公司開業不久製作了《不了情》、《假鳳虛凰》、《母與子》、《太太萬歲》、《夜店》、《豔陽天》等電影。1948 年文華公司聯合上海民營公司組成上海電影聯誼會，統一發行國產片。以長江崑崙聯合電影製片廠為基礎，與文華、國泰、大同、大光明、大中華、華光等私營電影公司，正式於 1953 年 2 月併入上海電影製片廠。

作為文華公司電影創作負責人之一的桑弧，深知劇本為一劇之本，一部扣人心弦、劇情吸引的電影最先便要有一個好劇本。劇本是一種文學類型，是戲劇藝術創作的文本基礎，演員需根據劇本的要求演繹及發揮。當時文華公司電影正缺乏有文學根底兼有編劇智慧的人，桑弧在上海遍尋適合人選，最後找到誰呢？

首當電影編劇

1944 年 8 月 15 日，張愛玲的首本著作《傳奇》出版，收錄了她以往曾發表的共十個中短篇小說。《傳奇》一經面世便轟動了整個上海文壇，成為當時最紅的作家。她的小說具有濃重的電影感，其文字能立體地帶讀者走進現場一樣，亦懂得營造銀幕上的層次感、融入感和戲劇感。

《傳奇》創下了四天銷售一空的紀錄，除吸引了萬千讀者爭相購買及閱讀外，還引起桑弧的注意，希望認識這位紅極一時的作家張愛玲小姐。由於張愛玲曾在劇作家柯靈編輯的《萬象》雜誌上投稿《心經》、《連環套》等小說，桑弧便透過這位友好介紹，在 1946 年 12 月認識了張愛玲，更邀她撰寫電影劇本。

在桑弧誠邀之前，她從未寫過正式的電影劇本，但她從小愛看中西電影，觀察力強，常常借用電影的藝術表現手法創作小說。其代表《金鎖記》中，有關曹七巧守寡前後十年變化的一段描寫，曾被迅雨（傅雷的筆名）大為讚賞當中巧妙地運用了電影技巧中的轉調技術。

劣境下的生計與創作

當桑弧第一眼看見張愛玲時，發覺她的一舉手一投足都顯得與眾不同，發出的聲音和每句說話都深深吸引着沉默寡言的桑弧。人們說：「喜歡一個人，眼神說不了謊。」他雙眼充滿愛慕的眼神，張愛玲心裏知曉，但她不理會也不放在心上，她仍舊鬱鬱不歡，她與胡蘭成的結

仍未解開，婚姻失敗，情感受創，令她對感情事提不起勁，更深感氣餒。

抗日戰爭勝利後，張愛玲與胡蘭成的關係令她沾上「文化漢奸」的嫌疑身分，大多數上海報刊雜誌對她的著作都拒之門外，只能化名投稿以維持生計。當桑弧提出邀請她創作電影劇本，她一口答應，憑蓄積已久的電影素養和豐富的創作意念，只用了半個月時間便寫好了劇本《不了情》。

《不了情》的劇本寫出一對男女在世俗觀念下，愛也難，恨也難，構成一個一波三折的非傳奇性的愛情故事，彷彿反映了張愛玲當時的心態。當桑弧拿到這個劇本，十分欣喜重視，將此作品定為文華創業之作，並立即投入拍攝工作。他根據《不了情》的劇作特點，選擇了當時最紅的男影星劉瓊和退隱多年的女演員陳燕燕出演男女主角，其中陳燕燕是張愛玲以往喜歡的女影星之一，已演出過 30 多部影片，被譽為「最有前途的悲旦」。

《太太萬歲》背後的風波

　　電影《不了情》反應熱烈，大收旺場，桑弧趁熱打鐵，再請張愛玲另寫劇本。由桑弧構思，張愛玲執筆，完成第二個劇本，名叫《太太萬歲》。1947 年 12 月 14 日，《太太萬歲》在上海的四大影院皇后、金城、金都、國際同日獻映，而在另一大城市天津的華安、亞洲、河北及國光影院則隨後播放。電影發行商文華影片公司以「絕頂風趣　萬般細膩取材別緻　情調幽美」來形容此電影，並在自製的宣傳刊物中的「電影本事」一欄及廣告單張上印了宣傳語句「謹以本片獻給：世上任何一位丈夫」。

家庭悲喜劇

　　故事講述女主角陳思珍為了當個賢慧的妻子多番在丈夫唐志遠及家人前編謊話，以圓滑手腕處世，經過丈夫變富、外遇、辦離婚，展開了多次的機緣巧合、錯位及誤會，引發很多喜劇情節。張愛玲深諳故事的戲劇性和製造喜劇的手法，令這部電影如今依然充滿魅力。電

影反映出很多民國時期中國的社會現象，像新式愛情和舊社會價值觀的衝擊，飛機的流行、半導體科技的普及、物價飛漲問題及股票市場興起等等，此電影充分反映小資產階級的生活狀態，脫離了當時中國電影以「苦」為準，越「苦」越好的標準。《太太萬歲》上映後，雖然觀眾口碑極佳，場場爆滿，但張愛玲卻遭受猛烈的抨擊。

張愛玲以《傾城之戀》、《金鎖記》、《紅玫瑰與白玫瑰》等小說在四十年代中期的上海文壇迅速走紅，名噪一時。抗日戰爭勝利後，她因與胡蘭成的伴侶關係，被外界懷疑為文化漢奸，她的一言一行受到外界注意，文章更遭受同行排擠非議，甚至口誅筆伐。

題記引來冷嘲熱諷

《太太萬歲》公映前，張愛玲預料外界必然會因她有份參與而惡意批評，卻未必與電影的質素有關。所以她在影片上映前寫了一篇散文《〈太太萬歲〉題記》，1947 年 12 月 3 日發表在《大公報・戲劇與電影》第 59 期上，她試圖闡述自己的創作目的、表達其意義及真實思想。可惜，部分指責者還未看過電影便對這篇題記大做文章，指桑罵槐，強指《太太萬歲》的意識形態大有問題。

文華影片公司編印的《太太萬歲》宣傳刊物上，除了收錄張愛玲的《〈太太萬歲〉題記》，還有其他評論文章，包括東方蝃蝀的〈張愛玲的風氣〉、庸樓的〈太太帶回家來的樂趣〉、刊物編者的〈太太萬歲 ——本事〉、〈談導演桑弧〉及文華的新聞花絮等。

張愛玲在文中提到：

「太太萬歲」是關於一個普通人的太太。上海的衖堂裏，一幢
房子裏就可以有好幾個她。

她的氣息是我們最熟悉的，如同樓下人家炊煙的氣味，淡淡
的，午夢一般的，微微有一點窒息；從窗子裏一陣陣的透進來，隨
即有炒菜下鍋的沙沙的清而急的流水似的聲音。主婦自己大概並不
動手做飯，但有時候娘姨忙不過來，她也會坐在客堂裏的圓枱面前
摘菜或剝辣椒……在「太太萬歲」裏，我並沒有把陳思珍這個人加
以肯定或袒護之意，我只是提出有她這樣的一個人就是了……出現
在「太太萬歲」的一些人物，他們所經歷的都是些註定了要被遺忘
的淚與笑，連自己都要忘懷的。這悠悠的生之負荷，大家分擔着，
只這一點，就應當使人與人之間感到親切的罷？

同年 12 月 12 日，在電影上映前兩天，上海《時代日報・新生》刊
出署名胡珂的一篇文章〈抒憤〉，文中猛烈抨擊《太太萬歲》，指「有人
在敵偽時期的行屍走肉上聞到 high comedy 的芳香！跟這樣的神奇的
嗅覺比起來，那愛吃臭野雞的西洋食客，那愛聞臭小腳的東亞病夫，
又算得甚麼呢？」

評論？人身攻擊？

1948 年 2 月，天津綜合藝術雜誌社出版的《綜藝》畫刊第一卷第

五期，刊登了一篇文章《電影編劇應如何取材？評〈太太萬歲〉·〈終身大事〉》，其中一位作者沙易對《太太萬歲》大肆批評。作者看了電影後，覺得內容似乎同張愛玲過去所編的《不了情》一樣，只僅僅描寫了一個男女間極平凡及瑣碎的問題，太太替丈夫撒謊結果兩面不討好，像這樣平凡的故事，在現實人生中每有發生。

沙易認為張愛玲想寫這個劇情，也許是憑着她「現實中一個觸覺，意識到人類有這樣一個奇異的現象」。可是他認為電影藝術作品，不應該只迎合一般小市民，像當時流行的「禮拜六派」或「鴛鴦蝴蝶派」小說，應當有它的教育任務。作者不但應反映現實中的矛盾，還要意識到作品會起怎樣的作用，是否能對社會、人民有深切的矯正和矛盾。沙易認為作者沒有經過深切考慮，結果一定是失敗的。他對張愛玲的寫作技術是欽佩的，「像《太太萬歲》這樣沒有『故事性』的故事，而居然能編成一個電影劇本，誠令人感到驚奇，然而電影最要緊的是主題，如果作家僅僅憑着聰明的技巧，賺取了小市民的眼淚，它的最終目的 —— 藝術價值，是一定非常低下的。張愛玲既然有了這樣寫作的天才，何必儘鑽進這樣的牛角尖，而不去把他的作品描寫人生中不合理的問題呢？」

該篇文章的編者還在文首的引言定調：「電影藝術的作品，應該不同於一般迎合小市民的趣味，因為它還有它的教育任務，不僅要反映客觀中的矛盾，還要意識到作品給與觀眾的效果……只能提供問題，而不能給觀者以正確明顯的解答的作品絕對是無價值可言的。」從以上沙易和編者的評語，差不多等於對張愛玲作人身攻擊，並對《太太萬歲》下了非常負面的評論。

《太太萬歲》宣傳特刊。

文華影片公司宣傳部編印的《太太萬歲》
宣傳品。

《太太萬歲》本事。

太太萬歲題記

·張愛玲·

飾流天嫂——陳思珍

「太太萬歲」是關於一個普通人的太太。上海的弄堂裏，一種樣子看來可以有好幾萬個她。

她的氣息是我們最熟悉的，如同樓下人家炒菜，煎魚下鍋的沙沙的清而遠的聲音，從窗子裏一陣陣的透進來，臨睡即有妙處難以言傳。主婦自己大概也聞不到油煙氣的味，淡淡的，午夢一般的，微微下人家的沙沙的清而遠的聲音，從窗子裏一陣陣的透進來。一切朦朧齊備，但有時候樓底下的煤球爐子忙不過來，眾綠的燈罩，然後掏出每一隻兩半，成為耳朵或剁辣椒。

一籃裏面的子孫綠綢纏的棉毛，耐心地，彷彿在給無數的小孩挖耳朵。家裏上有老，下有小，然而每邊還是一個安穩於寂寞的人，而她也不覺得有什麼好寫的題文。不大用去，但是牽引走的時候也很像樣，穿上「鳳去昭陽」的衫大衣。對人龍得有一付真心話。她的顧慮是太多了，那比「浮世的悲哀」更甚。「浮世的悲哀」這幾個字，但如果是，因為有一種蒼茫幻滅的感覺。

她的生活情形一類不幸的瑣碎，使人參成嫌怨，小氣，扇俗，一般人提起中國太太們似乎便覺得有多少期望，將不及格的小孩子造這……太太」兩個字往往都帶著點嘲笑的意味，現代中少要求，而當背不稍微的太太也就宛然屬過一生。那些嬌貴的太太呢，如同這種典麗的陳思珍一生，在一個不大不小的家庭裏，處處受制自己，寫泰然大局，離愁滿籬爸爸爸的行爲那是自立的，我們這樣大概也算合理的犧牲精神比徵求起來，就成了小寧且大半了。陳思珍這一個上的賢淑典型不是「列女傳」上的人物。她比她們少一些被犧牲，寒室氣，因此看上去彷乎少近人得多。—然而貴在是不近人情的，愚什麼也還要克己呢？沒有權的實力，惡什麼也還着？

中國女人向來是「結婚立刻由少女變爲中年人」，跳掉了少結這一個階段。陳思珍就已經身中年的氣質了。她最後得到了快樂的結局也並不怎麼快樂，所謂「哀樂中年」，大概那意思就是「去看電影去。」我想昔一「你，是我來嗎？」頓時生出幾分欣慰，同時好像他們竟然隨我選了

對於觀衆的心理，滲老實話，到現在我還是有一點捉摸不着，也使人的心情更爲探索着。然文藝可以有少數人觀的，電影這樣東西就不能專作一部份人觀了，因爲凌有廣大的觀衆。有一次我在書上看見三個十四五歲的孩子，爲兩美院賣弄着，因爲凌有這樣東西……文藝可以有少數人觀的，我也許可以有某少數人的發現。偶然有些院，心臟，是否必須的？神經祖織人的臉是否有無可癥講的？這常然還是個問題。在「太萬歲」裏，我並沒有把陳思珍這一個人加以什麼完或祖護之意，我只是繪出有她道邊的一個人就是

陳思珍用她的教巧使她四周的人們的生活圓滑化，使生命的挫夫的無聲無息，

詹思珍這樣的女人，會綜給一個發出忍的丈夫，本來也是帶中事。熟冬天總是想要感到的曖昧才來，一且來遲來，越把花遲遲來了。當初原來是像太太造成他發財的機會的，他知道之後，自尊心被損得了，反倒與大發脾氣—這也都是人之常情。腹裏間憶多一些的人，也許不會這份領賓他的羅？

他們的歡樂裏面永遠夾雜着一縷辛酸，襄也不是完全沒有安慰的，我非常喜歡「浮世的悲哀」這幾個字，但如果是，那比「浮世的悲哀」更甚。

1947年12月3日，上海的《大公報·戲劇與電影》第59期及文華影片公司編印的《太太萬歲》宣傳刊物上，有張愛玲的一篇散文《〈太太萬歲〉題記》。

文華影片公司的《太太萬歲》宣傳刊物上，刊有東方蝃蝀撰文的〈張愛玲的風氣〉。

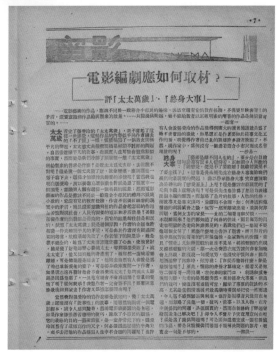

1948年2月，天津的《綜藝》第一卷第五期上，印有作者沙易撰寫的文章《電影編劇應如何取材？評〈太太萬歲〉・〈終身大事〉》。

桑張配的票房保證

　　電影上演前後，部分電影業及文化界以有色眼鏡來評論張愛玲的編劇作品，針對她與胡蘭成的關係，甚至懷疑她為文化漢奸。當時她都沉默以對，不置一詞，她要說的及解釋的都已寫在《〈太太萬歲〉題記》中。儘管她遭受外界如此莫須有的指摘及非議，但沒有影響熱情的觀眾對電影的支持，票房場場爆滿。飾演女主角的蔣天流一夜爆紅，成為新一代女人的典範，而其他演員石揮、上官雲珠、張伐等亦深受觀眾愛戴。

　　《太太萬歲》電影哀而不傷兼悲喜交集，是套輕鬆戲劇，開了當時中國電影新風格。影片中善用細節和機智的對白描寫女性的心理及處境，張愛玲的劇本應居首功。桑弧對張愛玲敍述的故事情有獨鍾，他運用喜劇幽默和嫻熟的電影技巧，把她獨有的文學情味發揮得淋漓盡致。文華老闆吳性栽是一位尊重藝術、尊重藝人的電影人，對於能為公司帶來突破性票房數字及豐厚利潤的這對銀幕後最佳拍檔，老闆自然更愛惜有加。

　　吳性栽曾邀請張愛玲、桑弧、龔之方、唐大郎等人到無錫太湖吃船菜，慶祝《不了情》及《太太萬歲》兩部電影的成功。後來張愛玲提起那次遊湖及在太湖撈起魚蝦當場烹煮的船菜，覺得「印象深刻，別致得很」。當時龔之方及唐大郎察覺桑弧與張愛玲很合拍，認為他們男才女貌，是非常理想的佳偶，欲撮合桑張成好事。

擱置《金鎖記》電影

《不了情》和《太太萬歲》獲得空前成功，導演桑弧配編劇張愛玲成為文華電影公司絕佳的出品保證，他們亦成為銀幕後的最佳拍檔。之後他們商量下一部電影應採用甚麼題材，張愛玲二話不說擬將她的名作《金鎖記》改編拍成電影。1948年初，文華電影出版的一份電影雜誌上曾披露：「桑弧執導《太太萬歲》後，又將與張愛玲三度合作，將張愛玲成名作《金鎖記》搬上銀幕。《金鎖記》的主角曹七巧，適合演員一時難找，恰巧碰到中國影劇界名旦張瑞芳在上海，她在1942年演出郭沫若創作的話劇《屈原》中的嬋娟，引起強烈迴響，並且在1947年《松花江上》中的演技，博得圈內人一致好評，最後《金鎖記》的女主角選定由張瑞芳擔任。」

根據張瑞芳自述，雖然文華曾與她商量，但不久她身患肺病，被迫臥牀治療，只能辭演。最後《金鎖記》計劃亦擱置。《金鎖記》的夭折不僅僅是因為張瑞芳生病或一時找不到演員，動盪的時局與社會環境才是最要緊的原因。當時，張愛玲已寫好了《金鎖記》的劇本，後來劇本下落不明，不知所終。

《金鎖記》原著的家裏事

被傅雷譽為「文壇最美的收穫之一」以及夏志清稱為「中國從古以來最偉大的中篇小說」的《金鎖記》，是張愛玲於1943年創作的作品，收錄在其首本著作《傳奇》裏。張愛玲的弟弟張子靜的著作《我的姊姊

張愛玲》曾提及，《金鎖記》小說裏的人物及故事源於張愛玲的外曾祖父李鴻章的次子李經述的家中秘事。李經述共育五子，長子國傑任官後被暗殺身亡，次子國燕早逝，三子國煦殘疾，娶來安徽鄉下女子，生下一男一女，四子國熊年輕時浪蕩，幼子未及成年已夭折。《金鎖記》小說以李經述五位兒子的其中三名的形象為創作參考，小說角色的性格舉止都與現實中的他們神似。

張愛玲屢屢在故事中自掀家族瘡疤，頗受親友非議，很不喜歡她。他們常說李鴻章的子孫不時掙扎奮鬥的故事張愛玲不寫，卻愛寫他們家中不甚光彩的事。張愛玲的舅舅尤其生氣，以往她詢問家中事，舅舅都願意回答，她卻在小說裏罵他，感到非常不滿。

後來張愛玲赴美後將《金鎖記》的題材擴寫成英文小說《粉淚》（*Pink Tears*），但未獲美國的出版社出版，再於 1965 年改寫為《北地胭脂》，中文版譯為《怨女》，1966 年分別在台灣《皇冠》及香港《星島日報》連載，英文版 *The Rouge of the North*，1967 年在英國倫敦出版。

1948 年 2 月 26 日，上海《益世報》刊有《太太萬歲》廣告，宣傳字句有「不做太太心理安得 做了太太哭笑不得」

《太太萬歲》的電影光碟。

「太太的苦衷有誰知 太太的難處有誰曉」是 1949 年 3 月 17 日刊登在上海《新聞報》的《太太萬歲》廣告宣傳句。

李志清作品

誰是《哀樂中年》的編劇

電影《哀樂中年》由上海文華電影公司製作，1949 年正式上映，由桑弧導演，著名演員石揮、朱嘉琛、沈揚、李浣青及韓非等主演。該片講述人到中年的鰥夫陳紹常（石揮飾）退休後與摯友的女兒年輕的劉敏華（朱嘉琛飾）相愛，遭男方的子女極力反對。陳紹常的子女雖然孝順父親，卻反對父親再婚，未有真正理解和體貼他的情感需要。最終陳和劉克服重重困難，成功圓婚，一起生活。該電影被香港導演李翰祥稱讚為四十年代中國最有價值的影片之一，亦被評為一部內容和技巧都接近完美的中國電影，是桑弧的代表之作。

「哀樂中年」這四個字出自魏晉南北朝時期的文學家劉義慶，他集士人門客所作的《世說新語・言語》中寫有：「謝太傅語王右軍曰：『中年傷於哀樂，與親友別，輒作數日惡。』」意指太傅謝安對右軍將軍王羲之說：「中年以來，受到哀傷情緒的折磨，和親友話別，總是好幾天悶悶不樂。」哀樂中年即形容人到中年對親友離別的傷感情緒。

1949 年上映的《哀樂中年》，編劇、導演俱署名為桑弧，他指此故事是根據他親耳聽到的故事改編的。但直至 1990 年，香港學者鄭樹森

在其文章《張愛玲與〈哀樂中年〉》提到：「1983 年筆者任教香港中文大學時，翻譯中心主任、文壇前輩林以亮（即宋淇）先生在一次長談中透露，《哀樂中年》的劇本雖是桑弧的構思，卻由張愛玲執筆。」問題出現了，究竟《哀樂中年》誰是真正的編劇人，是桑弧還是張愛玲？

不過是顧問

鄭樹森教授在台灣《聯合報》上公開揭露張愛玲原是《哀樂中年》劇本的「執筆者」後，竟引來了張愛玲本人親自回應。1990 年 11 月 6 日她回信給台灣《聯合報》副刊編輯蘇偉貞：

今年春天您來信說要刊載我的電影劇本《哀樂中年》。這張四十年前的影片我記不清楚了，見信以為您手中的劇本封面上標明作者是我。我對它特別印象模糊，就也歸之於故事題材來自導演桑弧，而且始終是我的成份最少的一部片子。聯副（即《聯合報》副刊）刊出後您寄給我看，又值賤忙，擱到今天剛拆閱，看到篇首鄭樹森教授的評介，這才想起來這片子是桑弧編導，我雖然參與寫作過程，不過是顧問，拿了些劇本費，不具名。事隔多年完全忘了，以致有這誤會。稿費謹辭，如已發下也當璧還。希望這封信能在貴刊發表，好讓我向讀者道歉。

這封由張愛玲致《聯合報》副刊編輯蘇偉貞的信件，在 1995 年張逝世後才公開，迅速在兩岸三地廣傳，引發了一連串的文壇爭議，議

論誰是《哀樂中年》的真正編劇。宋淇、鄭樹森、蘇偉貞認為《哀樂中年》是桑弧的構思，由張愛玲執筆；桑弧家人、龔之方、魏紹昌則堅持該劇本由桑弧單獨創作；另有部分學者則認為她只是「參與了寫作過程」。一時間桑弧家人、好友、學者及張學研究者各執一詞，莫衷一是，留下一樁難以判定的「公案」。

1949 年初，桑弧執導的電影《哀樂中年》正在拍攝中。左二為桑弧，在教導各演員演出。

1990 年 9 月 30 日，台灣《聯合報》在張愛玲 70 壽辰刊登了《哀樂中年》的劇本，作者署名張愛玲。圖右下是鄭樹森教授公開揭露張愛玲原是《哀樂中年》劇本的執筆者。

1990 年 10 月 16 日，台灣《聯合報》刊登了《哀樂中年》第 16 篇劇本，作者署名張愛玲。

既大膽又創新

1949 年 4 月 21 日，電影《哀樂中年》於上海首映，震驚中國電影界。它雖是四十年代的影片，但有超前的愛情觀，同時諷刺各種守舊及錯誤的觀念，還在電影中多處運用時間推移的技巧，讓情節跟着角色成長發展，是一套跳出時代規範的電影。能有這出色及前衛的影片，全賴編劇的創新思維及神來之筆，若不是電影註明編劇是桑弧本人，沒有人相信這是他的創作。

《哀樂中年》被譽為中國電影史上最具分量的影片之一，片中以及文華電影公司的宣傳刊物及電影本事，均列明桑弧為《哀樂中年》的編劇及導演。刊登在上海最暢銷報章的電影廣告上，更以大字印着桑弧為《哀樂中年》的編導。若然張愛玲是《哀樂中年》的真正編劇，或只是編劇顧問，文華電影公司該不會不署她的名字。但今次文華像向外界聲明她沒有參與，與之前她編寫兩部電影《不了情》及《太太萬歲》的劇本的處理方法不同。

張愛玲好友宋淇斷言《哀樂中年》是桑弧構思，張愛玲執筆撰寫。否則，無法解釋為何該片在題目擬定、情節構思、人生經歷、對白用字等方面跟她以往的創作及寫作筆觸吻合。此說法源於 1983 年宋淇在接受張愛玲研究者水晶採訪時主動提到：「張愛玲的 touch，桑弧寫不出來，沒那個靈氣。我問過張愛玲，她說你不要提，你不要提。她大概和桑弧有相當的感情，幫桑弧的忙。」

梁京與叔紅

　　女人或許對一類男人失望後，轉而會喜歡另一類男人吧，張愛玲便是一個好例子。與胡蘭成相比，桑弧完全是另一類人。他性格內向，寡言敏行。張愛玲與桑弧合作了《不了情》、《太太萬歲》後，很快便互相傾慕，但是她卻對此憂慮重重，自覺配不上桑弧，因為他還沒有婚配，自己卻已經有過一段失敗的婚姻。

　　桑弧對張愛玲的愛一直埋藏心底，在交往的日子裏，他談到的只是電影及劇本的話題，情與愛不易表露。他對愛情不是一個勇敢的人，跟胡蘭成相比，他對愛的表達就懦弱得多。那麼張愛玲心底裏愛不愛桑弧？在其半自傳式小說《小團圓》裏便可知一二，她寫下「雨聲潺潺，像住在溪邊。寧願天天下雨，以為你是因為下雨不來。」第一身是書中女主角九莉，是張愛玲的化身，句中的「你」是書中角色燕山，即桑弧的代表人物。

　　1950 年初，張愛玲在上海《亦報》以筆名「梁京」連載長篇小說《十八春》，翌年 11 月發行小說修訂本單行本。「梁京」這筆名是桑弧替張愛玲改的，他沒有向張解釋，張估計意思是梁朝京城，有「西風殘照，漢家陵闕」的情調，指張愛玲的家庭背景，從此可知道兩人關係。桑弧曾用「叔紅」這個筆名，懷着深情的調子寫了一篇〈推薦梁京的小說〉：「我讀梁京新近所寫的《十八春》，彷彿覺得他是在變了。我覺得他的文章比從前來得疏朗，也來得醇厚，但在基本上仍保持原有的明豔的色調。同時，在思想感情上，他也顯出比從前沉着而安穩，這是他的可喜的進步。」

不具名的可能原因

　　若張愛玲真是《哀樂中年》的編劇，或只是參與寫作過程，理應可在電影上具名，為何只寫桑弧沒有張愛玲？這可從她當時所處的政治環境來分析。中國抗日勝利後，她被指為漢奸之妻，她的作品被上海大多數報刊及雜誌拒之門外。1947 年 12 月《太太萬歲》上映前，編劇張愛玲原想避免任何誤會或麻煩，主動表白自己所編的意圖及目的，寫了一篇《〈太太萬歲〉題記》，寄給《大公報・戲劇與電影》周刊，刊出時編者洪深還在文後寫了幾句「編後記」，極力讚許她。不料反而引來左派文人對她一場圍攻式的論爭，直至 1948 年初洪深改寫編後記才停止。

　　張愛玲受到此等文鬥教訓，加上當時國共內戰已全面展開，上海的形勢更加嚴峻。那時候文華電影公司本來打算再請她將其小說《金鎖記》改編為電影，但最後在這風急浪高的政治環境下被迫放棄，已完成的劇本亦不知所終。1946 年才開辦的文華公司，當時仍在初期發展，管理層心有餘悸，為保證其他影片能順利拍攝和上映，也避免招惹任何政治風波，估計張愛玲雖執筆《哀樂中年》的劇本，卻要徹底放棄署名，並與桑弧共同保守此秘密。

1949 年 7 月，文華影片公司印製了《哀樂中年》「全部對白本事」，編導署名為桑弧。

1949 年 7 月 8 日，《解放日報》刊登了《哀樂中年》的廣告，以大字印出桑弧為編導。

1949 年 7 月 10 日，《解放日報》刊登了《哀樂中年》的廣告，列明桑弧為編導，文華出品，並寫有宣傳字句：「在平凡中見深刻 在輕鬆中寓沉痛」。

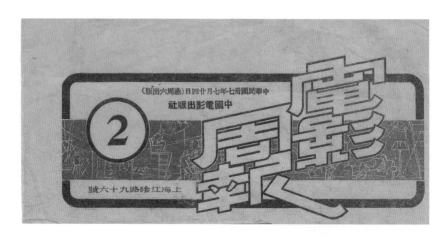

1948 年 7 月 24 日，中國電影出版社出版的《電影周報》上，印有題目為〈桑弧：「哀樂中年」〉的短文，內容指「上期本刊說《哀樂中年》係張愛玲所編，這是一個小錯誤，《哀樂中年》實際是桑弧自己所編，而且已寫好三分之一，這一個月中想把它殺青，開拍之期則排定在石揮導演的『母親』之後，大概要在中秋左右了。」

桑弧：
「哀樂
中年」
佐臨：
「錶」

文華公司導演桑弧繼「太太萬歲」後新作已定「哀樂中年」，上期本刊說「哀樂中年」係張愛玲所編，這是一個小錯誤，「哀樂中年」實際是桑弧自己所編，而且已寫好三分之一，這一個月中想把它殺青，開拍之期則排定在石揮導演的「母親」之後，大概要在中秋左右了。

佐臨繼「夜店」後新作，已定「錶」，劇本由佐臨自己寫。

文　華　二　新　片

1949 年 2 月，上海潮鋒出版社出版《哀樂中年》劇本，是文學者叢刊之七，作者為桑弧。該書後記的最後一段寫到：「我敢貿然把這麼一個『毛坯』交給書店排印，是由於一位朋友的熱心鼓勵。」此處所指的一位桑弧朋友，也許是張愛玲。劇本出版時，片子尚未攝製完成，但現在拿劇本和電影比對，無甚差異。

1969 年 2 月 10 日，桑弧撰寫一篇文章〈交待我在 1952 年前所編劇和導演的影片〉，說到從映 11 年來，他所編寫或導演的影片共 12 部，其中《哀樂中年》是他自己編劇兼導演的影片。圖是 1969 年桑弧的親筆手稿。

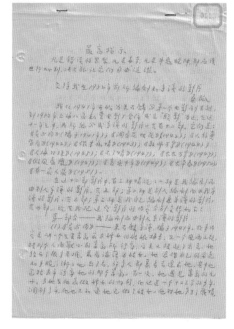

誰是《哀樂中年》的編劇　　215

首個筆名 —— 世民

「出名要趁早啊」這名句出自張愛玲小說集《傳奇》再版序中，這句話顯示她除了主張趁早追求成名的機會外，還希望自己的名字能牢記在讀者的心上。若要出名，她明白就要少用甚至不用筆名，否則讀者怎麼記得她這位與眾不同的作者呢？所以她無論發表小說、散文還是繪畫作品，都使用母親從英文名 Eileen 音譯過來的名字「愛玲」，從她結集在《流言》一書中的文章〈必也正名乎〉，便可知一二。然而，張愛玲一生還是用過筆名，還不只一個。

1946 年 6 月 15 日，一份上海《今報・女人圈》副刊上，一篇文章名為〈不變的腿〉，作者署名「世民」。該文章總共 1,380 餘字，題材為頌揚女性的大腿美。《女人圈》將其分為上中下三部分，於 6 月 15 至 17 日三天連載。看到這個較男性化的作者名，有誰猜想到他／她是曾紅遍上海的張愛玲？解開這謎底的人是一名署名「春長在」的作家，他於 1946 年 6 月 26 日在上海《香雪海畫報》第一期，刊出一篇文壇消息〈張愛玲化名寫稿〉，張愛玲的筆名「世民」才告之天下。

世民的來源

「世民」意思為世代為民，出自《晏子春秋‧外篇下四》：「晏子聞之，日：『嬰則齊之世民也，不維其行，不識其過，不能自立也。』」張純一註：「嬰世為大夫，自稱世為齊民，謙也。」張愛玲以筆名「世民」寫了〈不變的腿〉後不久，在 1946 年 8 月 25 日上海《誠報》以本名發表文章〈寄讀者〉。向讀者提到她近一年來被攻擊得非常厲害，聽到許多很不堪的話，不少涉及她的出身，如「所謂有貴族血液的作家張愛玲」，「骨頭奇輕自命貴族血液的張愛玲，現在已落魄了」等等。

因此她反其道而行之，特別取了「世民」這一個筆名，針對那些指責，並含蓄地表明雖然出身貴族，自己卻只是一名普通的中國人，一名普通的中國作者而已。正如她在《傳奇》增訂本的跋〈中國的日夜〉中真誠地提及：「我真快樂我是走在中國的太陽底下。我也喜歡覺得手與腳都是年輕有氣力的。而這一切都是連在一起的，不知為甚麼。快樂的時候，無線電的聲音，街上的顏色，彷彿我都有份，即使憂鬱沉澱下去也是中國的泥沙。總之，到底是中國。」

Ли-Хунъ-Чангъ.

張愛玲取「世民」為筆名，意指世代為民。她雖然出於名門，外曾
祖父是晚清重臣李鴻章，但她自覺只是一名普通人，一名普通的作
者。圖中明信片為北洋水師統帥、洋務運動領袖、晚清名臣李鴻
章。他從政之餘，喜歡收藏書籍，其上海的丁香花園內有藏書樓
「望雲草堂」。

《十八春》的梁京

1950 年 3 月 25 日，一篇名為《十八春》的小說於上海小報《亦報》開始連載，自該小說面世不久，讀者數量急升，全都為追看《十八春》的故事而每天購買，令《亦報》銷量大增。《十八春》作者名為「梁京」，一個陌生的名字，未曾在《亦報》及其他刊物出現，表面看來像一般新手作者。但是，看過小說後讀者普遍覺得該作者的文筆老練，故事緊湊吸引，能觸動讀者情感要穴，認為作者的「功力」深不可測，冷中藏熱，殊不簡單，究竟梁京是誰？是男或是女？是老或是嫩？

《十八春》是一部長篇愛情小說，故事發生在三十年代的上海，女主角顧曼楨青春美麗，自愛自信自立，但家境貧寒，自幼喪父，全靠姐姐顧曼璐拋頭露面當舞女養活家人。一個偶然的機會下，曼楨認識了男主角沈世鈞，他家境較佳，孝順父母，對朋友熱心，沒有過着驕奢淫逸的富二代生活。後來曼楨和世鈞兩人戀上了，世鈞喜歡曼楨，欣賞她刻苦耐勞，堅強不屈，口口聲聲說不在乎她的家庭背景，但受到雙親傳統思想的壓力，在世俗目光前他還是退縮了。畢竟曼楨的姐姐當舞女不是一件光彩事，世鈞表面上維護曼楨在他父親心中的形象，本

1950 年 10 月 1 日，正值是中華人民共和國第一次國慶，《亦報》以紅色大字體印刷報刊名稱，梁京的《十八春》第十三章（十）亦在同日刊登。

質上卻對曼璐心存芥蒂，他的思想很矛盾。

兩人最終分開。曼楨和世鈞的一段情糾纏了 18 年，二人在偶然下再遇見，曼楨面對世鈞，只能以蒼白又無奈地說出：「世鈞，我們回不去了。」正如小說開始已寫到：「對於三十歲以後的人來說，十年八年不過是指縫間的事，而對於年輕人而言，三年五年就可以是一生一世。」

評梁京

《十八春》刊登後不久，已有不少讀者寫短評、讀後感想及推薦文章，從 1950 年 3 月 24 日，即刊出前一天，至翌年 2 月 11 日連載完畢後四天，共有六篇相關評論出現在《亦報》上：

1. 〈推薦梁京的小說〉，叔紅　　　　（24/3/1950）
2. 〈梁京何人？〉，傳奇　　　　　　（6/4/1950）
3. 《〈十八春〉事件》，齊甘　　　　（11/9/1950）
4. 《與梁京談〈十八春〉》，叔紅　　（17/9/1950）
5. 《也談〈十八春〉》，明朗　　　　（30/9/1950）
6. 〈訪梁京〉，高唐　　　　　　　　（15/2/1951）

在筆者的收藏品中有張愛玲剛三十歲生日當天的《亦報》，副刊內除連載《十八春》外，還有一篇署名明朗的《也談〈十八春〉》文章。內文提到有位好心的太太哭着要教訓及打罵梁京，而明朗則要求「梁京

筆下的曼楨，最後應該是健康的、愉快的，讓那些哀愁、悵惘、惋惜擲給那個不徹底的、妥協的、愛面子的世鈞去享受吧！」

以上五位評論者使用筆名撰文，部分卻是有名有姓的人物。《〈十八春〉事件》的齊甘，原名徐淦，是《亦報》的專欄作者。〈訪梁京〉的高唐，是《亦報》主編唐大郎。〈梁京何人？〉的傳奇，估計是龔之方，他曾與唐大郎合辦山河圖書公司，出版張愛玲的《傳奇》增訂本。估計部分撰文者應認識作者梁京，而梁京與《亦報》關係密切。究竟梁京是誰？評論者叔紅的兩篇文章與梁京又有何關係？

1950 年 9 月 30 日，張愛玲剛踏入三十歲，《亦報》當天的副刊上除刊有梁京的《十八春》小說外，還有一篇署名明朗的文章《也談〈十八春〉》。

叔紅推薦

　　1950 年 3 月 24 日，《十八春》刊出前一天，叔紅的文章〈推薦梁京的小說〉刊在《亦報》上，從題目上便可看出叔紅非常支持及推薦梁京的《十八春》。叔紅就是電影導演桑弧，他雖是電影人，在《亦報》上卻不提電影，不寫影評，反而推薦小說《十八春》，這便可知他與梁京的關係非常密切，當時有人估計梁京便是張愛玲。

　　一向喜歡讀梁京的小說和散文，但最近幾年中，卻沒有看見他寫東西。我知道他並沒有放棄寫作的意念，也許他覺得以前寫得太多了，好像一個跋涉山路的人，他是需要在半山的涼亭裏歇一歇腳，喝一口水，在石條櫈上躺一會。一方面可以整頓疲憊的身心，一方面也給自己一個回顧和思索的機會。

　　梁京不但具有卓越的才華，他的寫作態度的一絲不苟，也是不可多得的。在風格上，他的小說和散文都有他獨特的面目。他即使描寫人生最黯淡的場面，也仍使讀者感覺他所用的是明豔的油彩。因此也有他的缺點就是有時覺得他的文采過分穠麗了。這雖然和堆砌不同，但筆端太絢爛了，容易使讀者沉溺在他所創造的光與色之中，而滋生疲倦的感覺。梁京自己也明白這一點，並且為此苦惱着。

　　就一個文學工作者說，某一時期的停頓寫作是有益的，這會影響其作風的轉變。我讀梁京新近所寫的《十八春》，彷彿覺得他是在變了。我覺得他仍保持原有的明豔的色調。同時，在思想感情上，他也顯出比從前沉着而安穩，這是他的可喜進步。

我虔誠地向《亦報》的讀者推薦《十八春》，並且為梁京慶賀他的創作生活的再出發。

〈推薦梁京的小說〉，叔紅

筆名由來

由 1950 年 3 月 25 日至 1951 年 2 月 11 日近 11 個月，連載小說《十八春》全篇超過 28 萬字。它是一部扣人心弦的長篇小說，描寫了新舊社會時代交錯，包含蒼涼、喜怒、哀樂的人性表現。有論者稱讚《十八春》文章色調明豔，疏朗醇厚，思想感情沉着而安穩，不時還有警言妙語出現，自然吸引萬千讀者的追捧。「梁京是何人？」這話題更成為當時新中國之下的上海文壇熱話，坊間猜測梁京是《亦報》主編唐大郎，亦有人猜是徐訏，也有說是張恨水，更有人斷定是張愛玲。一時間坊間及文壇上議論紛紛。

為記念《亦報》於 1949 年 7 月創刊一週年，1951 年 11 月上海亦報社出版《十八春》修訂單行本，初版 2,500 冊，很快便售罄。後經改寫，於 1967 年以《惘然記》為名在台灣《皇冠》月刊連載，1969 年改名為《半生緣》並出版單行本。《十八春》連載完畢後，自 1951 年 11 月 4 日起，梁京在《亦報》連載《小艾》至 1952 年 1 月 20 日。當時作者梁京的身分雖已呼之欲出，卻始終未曾正式宣告其真名。這個謎底直至二十多年後才揭曉，1971 年留美學者水晶先生採訪已移居美國多年的張愛玲，她首次承認《十八春》出自她的手筆，「梁京」是她的其中一個筆名。

水晶本名楊沂，江蘇南通人，1954 年開始發表小說，1963 年創作〈愛的凌遲〉獲《現代文學》小說獎。1967 年開始研究張愛玲小說，曾發表《張愛玲的小說藝術》、《私語紅樓夢》、《替張愛玲補妝》等等。他在 1973 年的著作《張愛玲的小說藝術》中，其中一篇文章〈蟬——夜訪張愛玲〉，提到關於「梁京」這筆名的往事：

　　在談話進入正題後，張愛玲首先告訴我，她還有一個筆名，叫梁京。梁山伯的梁，京城的京。因為從前我在信裏問過她，弄錯了，以為叫蕭亮。

　　水晶還提及當年《十八春》在上海《亦報》連載時，曾引起一陣哄動。張愛玲說，當時有個跟曼楨有同樣遭遇的女子，從報社裏探悉了她的住址，曾經尋到她居住的公寓來，倚門大哭。這使她感到手足無措，幸好那時她跟姑姑住在一起，姑姑下樓，好不容易將那女子勸走了。2014 年宋以朗著的《宋淇傳奇——從宋春舫到張愛玲》中提及，張愛玲曾向宋淇說過她的筆名「梁京」的命名由來：

　　梁京筆名是桑弧代取的，可惜桑弧沒加解釋，張愛玲相信梁京代表梁朝京城，有「西風殘照，漢家陵闕」的情調，指張愛玲的家庭背景。

　　導演桑弧能替張愛玲改筆名，估計兩人已超越普通朋友相交相識的關係，但礙於張愛玲與胡蘭成的前事，桑弧難以放開，他的家人更難接受，最終兩人有緣無分，未能走在一起。

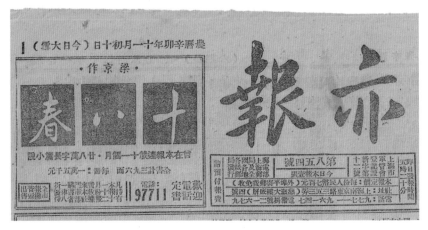

1951年12月8日，上海《亦報》頭版印有《十八春》的預訂廣告，寫有「十八春曾在本報連載十一個月・廿八萬字長篇小説」。全書計三九六面，每冊售一萬五千元。

1951 年 11 月，亦報社趁
出版梁京的《十八春》單行
本，全書 396 頁，共 28 萬
字，初版共 2,500 冊。圖為
《十八春》的封面。

1951 年 11 月 4 日，上海《亦報・副刊》
首日刊登張愛玲以筆名梁京撰寫的中篇
小説《小艾》。

1969 年 3 月，皇冠雜誌社出版了張愛玲從舊著《十八春》改編而成的《半生緣》小說，封面畫有小說中兩位主角。

許鞍華繼 1984 年執導電影《傾城之戀》之後，於 1997 年執導另一部張愛玲作品《半生緣》，9 月 12 日在香港首日上映。電影《半生緣》改編自小說《十八春》，黎明及吳倩蓮分別飾演男女主角沈世鈞及顧曼楨。圖為《半生緣》的海報。

《半生緣》的宣傳海報，印有「張愛玲原著，許鞍華導演」等字。

霜廬三譯毛姆

2015 年是張愛玲誕辰 95 週年，那年筆者在舊書拍賣網站取得賣家十多本聲稱全部刊有張愛玲文章的舊上海文學期刊，其中數本我特別喜歡，包括：四、五十年代發行的《萬象》、《紫羅蘭》、《雜誌》、《天地》及《大家》。當中刊有她的成名及精彩作品：〈愛〉、《心經》、《連環套》、《紅玫瑰與白玫瑰》、《沉香屑 —— 第二爐香》、《封鎖》、《華麗園》等等。

多出一本《春秋》雜誌

以上早期發表的文章及小說之後結集成書，收錄在《傳奇》、《流言》，深得讀者愛戴及歡迎。除了以上所述的期刊，當中還有一本名叫《春秋》的文學雜誌（第五年・第六期），與其他期刊放在一起。但看遍整份刊物的目錄及文章都找不到張愛玲的作品，我即時產生疑問來，但直覺上感到賣家不會弄錯。

於是我發電郵給賣家查詢，他指這批刊物來自一位雜誌收藏家，

2015 年，作者在舊書拍賣網上獲得十多本號稱全刊有張愛玲有關文章的舊上海文學期刊。其中 1944 年 11 月 1 日出版的《天地》第 14 期（上行中間位置），封面由張愛玲設計及繪畫，以綠、紫、白三色畫有面向天的菩薩，令讀者印象難忘，該期還刊有張愛玲的散文〈談跳舞〉。

因對方急需用錢才肯割愛出讓。欲再查詢雜誌收藏家的聯絡方式，可惜賣家並不知道，線索一下子便斷了。只好再仔細翻閱《春秋》，看看能否找出一些與張愛玲有關的蛛絲馬跡來。

1948 年出版的《春秋》月刊 11 及 12 月號合刊是 28 開本，共 140 頁，封面以紅、黃、黑三色印刷，內頁則以單一黑色印刷。封面上方和下方均畫有牛耕田、齊插秧、好收成、玩兒樂等等的漫畫。封面中央位置以較大的紅色隸書字體寫了「春秋」的刊物名稱，設計份外吸引。

編輯之一劉以鬯

《春秋》於 1943 年 8 月 1 日創刊，初期由陳蝶衣任編輯，至 1948 年由柯靈一手提攜的作家沈寂接任，發行人為馮葆善，春秋雜誌社出版。它是本集文學、小說、電影、藝術等等範疇於一身的綜合性刊物。《春秋》的本地經銷處有上海五洲書報社、天下書報社、中央書局等等，外埠經銷處地區有南京、蘇州、無錫、杭州、寧波、武昌、重慶、天津、北京、香港、台灣、安南堤岸、馬尼剌（即馬尼拉）、星加坡及怡保等等。香港由則大公書局及新知書店作分銷商，銷售網覆蓋兩岸三地及東南亞一帶，可見《春秋》在當時深得讀者歡迎。

翻開《春秋》，拉頁目錄上列有八大欄目，分別為專論、人物、隨筆、小說、影劇、內幕、通訊及藝術，每個欄目都邀請名家包括巴金、鄭逸梅、張恨水、徐訏、石琪、沈寂、蕭羣、董今狐等參與，正是百花齊放，百家爭鳴，作品吸引，深受讀者歡迎。目錄旁列有編輯的名

字包括沈寂、徐慧棠、藍依，還有被譽為「香港文壇教父」的劉以鬯。劉以鬯曾說在上海認識張愛玲，編過她的文章，但在雜誌目錄上卻找不到她的名字，莫非她用了筆名？當時政治環境複雜，大部分作者都不以真名示人，只以筆名取代，單憑筆名來判斷作者的身分非常不準確，必須看過內文，比對以往寫作手法、用字及行文才比較中肯。細閱該期文章，其中一篇名叫《紅》的小說，有眾多地方疑似是張愛玲的筆蹤。

《紅》

雜誌第 84 頁的小說名叫《紅》，它的題頭畫比較特別，畫有一名垂下頭來的男子，坐在周圍佈滿花草的座位，男人之上留了部分空白位置，卻沒印有任何作者的署名。而目錄上則指此小說的作者是「霜廬」，非常奇怪！至於誰是霜廬？是男或女？是真名或筆名？《春秋》上沒有任何介紹。

這篇《紅》被編到小說欄目裏，前篇有馬彬的《紅牆》、徐淦的《沉魚》、魯彥的《傢俱出兌》，《紅》之後有田青的《惡夜》及費明君譯的《動盪》。初看這篇小說《紅》，覺得它不像當時中國文人的作品，極像翻譯小說，主要描寫在太平洋一帶發生的愛情故事，環繞船長（阿紅）、尼爾遜和賽萊三人之間的故事。作者的筆觸深刻地揭示了人性中虛榮、重物質和世俗的一面，殊不簡單。最令人感受深刻的是作者的格言警句，一針見血，揭露人性準確到位，三言兩語就把人性給剖開了！以下的精彩選段，已令人嘆為觀止。

1943 年 8 月 1 日，陳蝶衣
任主編的《春秋》創刊，
1948 年由沈寂接任。圖為
1948 年 12 月 1 日出版的
11 月號及 12 月號合刊的
《春秋》。

1948 年 12 月 1 日的《春秋》期刊，
刊登了一篇名為《紅》的翻譯小說。

戀愛的悲劇不是死別，也不是生離。你想兩口兒互矢愛好的時間能夠維持多久？喔，譬如說，有一個女人，是你所全心全意愛着的，所以你覺得她一刻也不能離開你，可是當你知道你如果今後不再見她，也不會牽掛時，你望着她，這是多麼慘痛呀。戀愛的悲劇便是無動於衷。

有人說，快樂的人們是沒有歷史的，當然，快樂的愛情也沒有歷史。他們整天不做甚麼，但日子卻是那樣短。

估計原文作者是英國著名作家毛姆（W. Somerset Maugham），他於 1921 年撰寫的著名短篇小說 *Red*。

神秘的霜廬

那譯者霜廬是誰？相信這位譯者定必對毛姆的作品有一定認識，知道毛姆常以譏嘲的態度看人生，作品充滿濃厚的挪揄意味，處處顯示機智與巧妙，卻又能雅俗共賞。有人猜估譯者或是劉以鬯，他在 1941 年於上海聖約翰大學畢業，曾接觸大量西方文學，包括狄更斯、托爾斯泰、海明威、毛姆等名作家的作品。毛姆的小說內容、寫作技巧與文字，對劉有很大的啟發，影響他日後的創作。

有讀者認為霜廬是張愛玲，因她亦曾入讀上海聖約翰大學，在香港大學攻讀文學院時，其中一科修讀翻譯，受過老師陳君葆的悉心教導。在學習過程中，毛姆對她的影響相當大，令她認識英國文學的機智與幽默，特別是毛姆式的尖銳機智及譏諷幽默。她的成名作《傾城

之戀》中，范柳原對白流蘇說：「最無用的女人是最厲害的女人。」盡顯毛姆的影子！

大部分讀者不認為霜廬是劉以鬯的筆名，卻不肯定是張愛玲，又不能否定是其他翻譯家的可能，這謎團怎解開呢？

隱藏在《幸福》中

再次翻閱這本《春秋》，竟然在第 102 頁再看到「霜廬」這名字，他不是隱藏在人物傳記中，也不是化身為小說主角，而是出現在廣告目錄上。「霜廬」這個可解為霜白色般的簡陋居室的名字，出現在《幸福》第 22 期的廣告目錄上，是散文〈牌九私務〉的譯者。

為尋找這期《幸福》，揭開誰是霜廬，以及發掘〈牌九私務〉的文章，筆者在內地、香港、台灣三地的二手書店、舊書網及拍賣網，包括新亞圖書中心、老總書房、梅馨書舍、森記圖書、茉莉書店、淘書網、孔夫子舊書網、eBay、Yahoo 拍賣網、台灣露天拍賣網、奇摩拍賣網等等以地氈式搜索，務求獲得這本《幸福》。

經過數月的努力，可惜只能找到前後數期，唯獨欠缺第 22 期。從拍賣商處得知，有一內地人在一年半前在內地拍賣網上成功取下該期。我便帶着不妨一試的心情以微信及電郵找他，可惜他說現在不賣，即使任何人出任何價錢都不會出售。我頓時感到失望，唯有再碰機會及祈求幸運之神降臨身邊。

毛姆為英國著名作家、小說家、劇作家，代表作有《人生的枷鎖》、《月亮和六便士》、《面紗》等等。1921年撰寫短篇小說 *Red*。張愛玲崇拜毛姆，是他的忠實粉絲，決定選譯他的文章。1954年，英國女王向毛姆授予「榮譽侍從」的稱號；在丘吉爾的推薦下，伊利沙伯二世亦向他授予榮譽勳爵頭銜。

1948年10月30日，環球出版社發行《幸福》第22期，主編為汪波（即沈寂），刊有毛姆短篇小說〈牌九司務〉，譯者為霜廬，即張愛玲。

刊於《幸福》雜誌第22期的〈牌九司務〉。

從雜誌主編找線索

雖無法得到第 22 期，筆者仍買下其他期數參考，意想不到竟從中找到 1947 年劉以鬯發表的首篇小說《失去的愛情》，真興奮不已！根據文獻記載，劉以鬯最早的中篇小說《失去的愛情》寫於 1947 年中，靈感來自奧國小說，是他編「懷正文藝叢刊」時的試筆。在撰寫該小說期間，劉以鬯還抱病在身，在後記中他自謙草率完稿，但主編汪波（沈寂）則認為「作者劉以鬯的文章佳麗，故事動人，定獲讀者歡迎，聞電影公司將開拍電影《失去的愛情》」。提到《幸福》的主編沈寂，我立即猜想霜廬那篇〈牌九私務〉是否由他編輯，若然估計沒錯，或可從沈寂身上尋找到霜廬是誰。

沈寂 1924 年生於上海，浙江奉化人，原名汪崇剛，另有筆名汪波及谷正櫆。1942 年，在復旦大學就讀二年級的時候，在顧冷觀主編的《小說月報》發表首篇創作小說〈子夜歌聲〉，受到外界很多正面評語及鼓勵說話。1943 年，沈寂在柯靈主編的《萬象》第三年第三期九月號發表了《盜馬賊》小說，得到柯靈的好評。柯靈在該期刊後記之《編輯室》，寫到：「這裏想介紹的是《盜馬賊》，它似乎有若干處很像端木蕻良的《遙遠的風砂》，但細讀之下，作者自有其清新的風致。沈寂先生是創作界的新人，這也是值得讀者注意的一點吧？」

當時張愛玲的小說《心經》，與沈寂的《盜馬賊》同時刊登在《萬象》第三年第三期九月號上。張愛玲以往創作了各式各樣的人物，他們有不同的性格，面對不同的人生。儘管在細節上不盡相同，還是可以在這批人物身上找到一定的共性。《心經》的故事講述許小寒與父親

許峰儀相愛的畸戀故事，打破常人的道德界線。在柯靈眼中，張愛玲與沈寂是《萬象》的重點及青年作者，他們的發展潛力皆無限。

《傳奇》集評茶會記

1944 年 8 月 26 日下午 3 時，雜誌社主辦了一場張愛玲《傳奇》集評茶會記，在上海康樂酒家舉行，雜誌社的出席代表是魯風和吳江楓，而《新中國報》記者朱慕松則作記錄，被邀出席者除作者張愛玲外，還包括沈寂、炎櫻、南容、哲非、袁昌、陶亢德、堯洛川、實齋、錢公俠、譚正璧及蘇青等等。

座談會由雜誌社吳江楓主持，他的開場白簡潔扼要：「此次邀請諸位，為的是本社最近出版的小說集《傳奇》，銷路特別好，初版在發行四天內都已銷光，現在預備再版，因此請各位來作一個集體的批評，同時介紹《傳奇》作者張愛玲女士與諸位見面，希望各位對《傳奇》一書發表意見，予以公正的與不客氣的批評，如有缺點，也請提出來，在作者和出版者方面，都非常歡迎。」

當時沈寂跟張愛玲初次見面，她塗了口紅，穿上橙黃色的綢底上裝，像《傳奇》封面那樣藍色的裙子，頭髮在鬢上捲了一圈，其他便長長地披下來，戴着淡黃色玳瑁邊的眼鏡，沉靜而莊重。年方二十的沈寂直言不諱地說出《金鎖記》裏的「七巧」是心理變態的，在當時封建年代受盡壓迫，再以這種壓迫壓向子女。另外，在《傾城之戀》中，男主角范柳原是留學生，而女主角白流蘇沒受過高等教育，流蘇的說話俏皮、敏捷，好像不是她所能說的，而是張女士自己在借她說話似的，

這點似乎不大適當。

在康樂酒家舉行的《傳奇》集評茶會記，沈寂沒有讓張愛玲留下好印象，他的發言裏存有「變態心理」四個字。初次認識沈寂，張愛玲注意到他的敢言作風。後來，《雜誌》社的吳江楓把張愛玲的不快轉告沈寂，他才知道自己的直言害事了。在吳江楓的建議下，沈寂決定登門拜訪解釋，他們一同去了赫德路 195 號的愛丁頓公寓，電梯直達六樓張愛玲的香閨，他們東拉西扯，說說笑笑，終於冰釋前嫌。沈寂真正結識了比她年長四歲的張愛玲，正是不打不相識。

劉以鬯讓賢

抗戰勝利後，年青有為的沈寂應環球出版社邀請主編《幸福》雜誌，他對《幸福》的封面非常重視，每期以不同主題設計，多色印刷，裝幀精美別致，受到廣大青年及讀者歡迎。《幸福》出版第二期時，沈寂獲知劉以鬯在戰時的重慶自辦周刊，亦稱為《幸福》，想在上海復刊。由於劉以鬯的周刊早已在中國登記，比沈寂那本同名雜誌早得多，若劉以鬯探取行動，沈寂勢必面臨侵權的不當行為，他的《幸福》或因此停刊結業。

沈寂為免他主編的《幸福》雜誌遭停刊，他和環球出版社發行人馮葆善想出一個補救辦法，在雜誌名「幸福」之後加印較小的「世界」二字，從第三期起將雜誌改名為《幸福世界》。雜誌改名後過了一段時間，他安然避過被起訴的機會，然而劉以鬯的《幸福》周刊卻未有復刊。原來劉認為無論從內容及印刷上，他的《幸福》都不及沈寂的《幸

福》，最後劉以鬯決定讓賢，放棄復刊的打算。沈寂知道這消息後，識英雄重英雄，除與劉以鬯結為好友，並邀他成為《幸福》編輯團隊中的重要一員，而《幸福世界》亦由第 20 期開始改回原名《幸福》。

沈寂於 1949 年舉家赴港，出任香港永華影業公司的電影編劇，自此步入香港電影界，但受到政治風波影響，1952 年返回內地繼續發展。

譯者霜廬的身分

1948 年，《幸福》雜誌主編沈寂為了加強雜誌的內容及可讀性，除有人物傳記、小說、文學、藝術、影劇外，還添加翻譯文學的欄目。除與發行人馮葆善同邀劉以鬯加入編輯團隊外，更找來張愛玲翻譯一些出色的外國文學作品。

張愛玲中學年代在「重英輕中」的聖瑪利亞女校就讀，中學畢業後到香港大學文學院讀書，因戰事雖未能完成大學課程，但港大孕育了她一身文學天才的本領。她愛好外國文學，加上個人後天苦練，英文根底扎實，而且她翻譯及雙譯能力很高，英譯中或是中譯英都絕對難不倒她。

張愛玲偏好英國文學作品，是著名作家毛姆的忠實粉絲，追溯兩人的童年及身世，張愛玲和毛姆之間存有相似性，都以冷眼旁觀看世界為寫作方式。她在 1943 年曾於《二十世紀》（*The Twentieth Century*）英文月刊發表首篇英文文章 Chinese Life and Fashions（後譯為〈更衣記〉），文章優雅別致，既見文采，又顯露作者經營意象的不凡功力。

中國抗日戰勝後，張愛玲被指為漢奸之妻，更甚稱她為女漢奸，以致她的著作被上海大多數報刊及雜誌拒之門外，迫使她以筆名寫作才逃過耳目。1948 年 10 月 30 日，她以筆名霜廬於《幸福》雜誌第 22 期發表了首篇翻譯文章，名叫〈牌九司務〉，原作者是英國作家毛姆。「牌九司務」意指「專以欺人的手法與人賭紙牌為生的人」。2019 年中在一次偶然機會，筆者竟在內地的舊書網再遇《幸福》雜誌第 22 期，最終以合理價錢擁有了此珍本。

張愛玲接着同年於《春秋》10 月號及 12 月號（第五年第五期及第六期），以筆名霜廬再將毛姆的短篇小說 *Red* 翻譯為《紅》，又稱《紅毛》。可惜《紅》的翻譯工作只完成三分之二，傳聞因張愛玲趕交文華製作的電影《哀樂中年》的劇本，其餘的三分之一需由沈寂急急補譯，但在續篇正文標題中卻漏印了譯者霜廬及作者毛姆的名字。1949 年 2 月 20 日《春秋》二月號第六年第二期，張愛玲再以筆名霜廬三譯毛姆的《螞蟻和蚱蜢》（*The Ant and the Grasshopper*），獲得不少讀者讚賞及歡迎。

張愛玲的筆名霜廬得以發現，是根據一位舊書刊愛好者韋泱（本名王偉強）曾在 2009 年採訪沈寂時從其口中得知。沈寂與張愛玲交往多年，透露她曾以霜廬為筆名，翻譯毛姆的作品《紅》、《螞蟻和蚱蜢》等等。2018 年 3 月高麗和張瑞英合編文章〈「霜廬」張愛玲及幾篇佚文的考証〉，才得以確定霜廬是她其中一個筆名。

范思平與《老人與海》

　　兩岸三地的舊書拍賣會中，每有金庸、董橋、張愛玲、劉以鬯、葉靈鳳等作家的早期著作拍賣品，都會招徠大批收藏家、藏書家甚至投資者前來競投。近年這些藏品的拍賣成交價屢創高峰，每次不到最後競價都不知鹿死誰手，令拍賣場面氣氛激烈。勝者贏得心頭好固然高興，敗者難免心有遺憾而激發下次再戰，觀看者見證一場激戰而拍掌，拍賣官主持了成功的拍賣而興奮。

　　2018 年 11 月的新亞拍賣會中，其中有一本拍賣品是 1952 年由香港中一出版社出版的《老人與海》（*The Old Man and the Sea*）中譯本。在「暗標」拍賣中，以高出港幣 100 元底價的二百多倍成交，勝出買家需付費用連佣金共港幣 23,690 元，令人咋舌。坊間有書友產生疑問，為何作者海明威（E. M. Hemingway）的《老人與海》中譯本的暗標價竟可達如此高昂價位，市場上其他同名譯本只售數十至百多港元，是否買家下錯價？千金難買心頭好，這心頭好「好」在哪裏？

海明威的得獎作

《老人與海》是海明威的代表作品，1952 年 9 月 1 日在美國雜誌《生活》（*Life*）發表，雜誌開售 48 小時內竟售出超過 600 萬冊，創了美國銷量紀錄。同月推出單行本初版共 5 萬本。兩年後，他更因這小說榮獲諾貝爾文學獎，奠定他在世界文學上的崇高及顯赫地位。

而文首提到的那本高成交價的 1952 年 12 月發行的《老人與海》中譯本初版，譯者署名「范思平」，小 32 開本，正文 105 頁，版權頁印上初版字眼，正文前有〈海明威〉一文共兩頁，文末著「譯者代序」，另有作者簡介。封面主要以藍及白作主色，畫有海明威頭像、船上的漁夫和巨魚。該書出版後，大家只知道作者是海明威，卻甚少人留意譯者范思平，是男或是女更不清楚，只知道譯者文筆流暢細緻，將原著的人生哲理表現無遺。究竟誰是范思平？此版本的存世量估計不超過五本。根據物以罕為貴的定律，自然吸引眾多收藏家、藏書家的興趣，拍賣價必定搶高。

1954 年 5 月，香港中一出版社發行《老人與海》再版，譯者仍是范思平，封面圖案與初版一樣，同為小 32 開本，但作者、譯者及出版社名稱的位置稍有不同，所知存世稀有，可稱孤本。

1955 年 5 月，香港中一出版社出版《老人與海》第三版，亦是小 32 開本，正文 126 頁，譯者已轉寫為「張愛玲」，正文前仍有〈海明威〉一文，但文末已沒有「譯者代序」四字，另新加一篇序共兩頁。

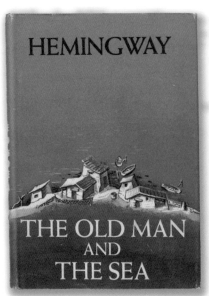

1952 年 9 月 1 日，美國作家海明威的小說 *The Old Man and the Sea* 於美國《生活》雜誌發表，同月推出單行本。

1952 年 12 月，香港中一出版社發行《老人與海》中譯本初版，譯者范思平，即張愛玲。

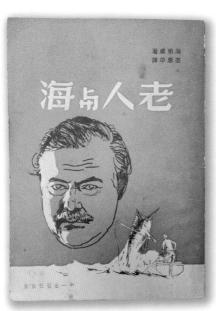

1954 年 5 月，中一出版社發行《老人與海》再版（即第二版）。作者、譯者及出版社名稱的位置與初版不同，譯者仍是范思平。

1955 年 5 月，中一出版社出版《老人與海》中譯本第三版，著者海明威，譯者張愛玲。書內張愛玲寫的序言註明日期為 1954 年 11 月，序中提及書中有許多句子貌似平淡，而是充滿了生命的辛酸，她擔憂她的譯筆不能達出原著的淡遠的幽默與悲哀，與文字迷人的韻節。

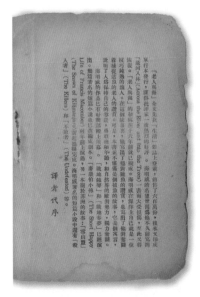

位於香港大華行 306 室的中一出版社出版的《老人與海》中譯本，著者海明威，譯者范思平，每冊售港幣一元。譯本沒有列明出版日期及版次。

誰是范思平

當《老人與海》第三版出現張愛玲的名字後，坊間議論紛紛，有人認為之前的譯者范思平就是她，亦有人認為范思平只是一個普通譯者，另有人指張愛玲曾主張「出名要趁早」，不會以另一名字代替。一時間成為文壇熱話，猜估范思平是誰。

提出「范思平」為張愛玲筆名的是「香港文壇教父」劉以鬯，他在 1997 年主編的《香港短篇小說選（五十年代）》收錄了張愛玲的短篇小說〈五四遺事 —— 羅文濤三美團圓〉，當中的作者簡介指張愛玲的筆名有梁京、徐京、王鼎、范思平等。台灣學者單德興在其文章〈含英吐華：譯者張愛玲 —— 析論張愛玲的美國文學中譯〉和《勾沉與出新 ——

〈張愛玲譯作選〉導讀》中均指出她是《老人與海》的譯者，並署名范思平。1991 年 6 月，宋淇致台灣皇冠出版社編輯的信中披露，翻譯《老人與海》的范思平就是張愛玲。1951 年宋淇在香港的美國新聞處譯書部任職，他記下 1952 年認識張愛玲，以及張翻譯《老人與海》的經過：

　　不久接到華盛頓新聞總署來電通知取得海明威《老人與海》中文版權，他和我商量如何處理。我們同意一定要隆重其事，遂登報公開徵求翻譯人選，應徵的人不計其數，最後名單上赫然為張愛玲。我們約她來談話，印象深刻，英文有英國腔，說得很慢，很得體，遂決定交由她翻譯。其時愛玲正在用英文寫《秧歌》，她拿了幾章來，麥君（編註：為當時文化部主任麥卡錫（Richard M. McCarthy）大為心折，催她早日完稿。

　　雖然已經確定范思平就是張愛玲，但此筆名的來歷、出處和含義，以及她為甚麼選用這筆名取代真實名字仍是懸案，她生前亦從未透露，至今還是一個謎。

全球最早的中譯本

　　老漁夫聖地亞哥在海上連續八十四天沒有捕到任何魚，到了第八十五天，他一清早就把船划出很遠，並出乎意料地釣到了一條比船還大的馬林魚。老漁夫和這條巨魚周旋了兩天兩夜，受傷的魚在海上留下了一道腥蹤，引來了鯊魚的爭搶及咬食，最後這條馬林魚只剩下一副巨大的骨架，老人也精疲力盡地一頭栽倒在地上。

以上是《老人與海》的部分內容，故事改編自 1935 年一位老漁夫跟海明威講述的真實故事，當中展現了一種不屈不撓的精神，熱情歌頌了老漁夫在困難面前毫不氣餒、勇敢、頑強、堅毅不拔的英雄氣概。張愛玲在《老人與海》第三版的譯者序中，曾有以下觀感：「老漁人在他與海洋的搏鬥中表現了可驚的毅力 —— 不是超人的，而是一切人類應有的一種風度，一種氣慨。」

張愛玲為全球首位把《老人與海》翻譯成中文的譯者，比余光中、吳勞、海觀的譯本還要早。很多人估計張愛玲一定熱愛海洋，才第一時間選了海明威的名著來翻譯。但事實卻不是，她不喜歡一望無際的海，更對蔚藍的海洋毫無好感。

張愛玲曾在序中寫到：「我對於海毫無好感。在航海的時候我常常覺得這世界上的水實在太多。我最贊成荷蘭人的填海。捕鯨、獵獅及各種危險性的運動，我對於這一切也完全不感興趣。所以我自己也覺得詫異，我會這樣喜歡《老人與海》。這是我所看到的國外書籍裏最摯愛的一本。」

一種孤寂

筆者曾翻閱 1966 年 7 月出版的《明報》月刊第七期，看到一篇由香港作家簡而清介紹的新書《爸爸海明威》(*Papa Hemingway*)，作者為郝茲那 (A. E. Hotchner)。郝茲那是位傳記作家，1948 年認識海明威，成為好朋友，直至海明威於 1961 年逝世。內文提及現代美國作家海明威，生於美國伊利諾伊州芝加哥市郊區的奧克帕克。他一生中的

感情世界錯綜複雜，先後有四次婚姻。他曾榮獲不少獎項，包括：第一次世界大戰期間參戰，獲意大利授予銀製勇敢勳章；1953 年以《老人與海》獲得普立茲小說獎；1954 年再憑此小說奪得諾貝爾文學獎。他被認為是二十世紀最著名的小說家之一，踏上人生最高榮譽的位置。

《老人與海》的名言：「一個人能被毀滅，但不能被打敗」，但海明威晚年在愛達荷州克州市的家中自殺身亡，令人驚訝。他生前給人的印象是個硬漢、老爹，雄赳赳的，他的死是一個謎。對於他最後 14 年的生活，《爸爸海明威》描繪得相當詳盡，讀者或可從書中找到他選擇自盡的一些端倪。該書剛出版時，海明威的遺孀瑪莉（Mary Welsh Hemingway）曾在美國控告該書的出版人和郝茲那，理由是書中涉及太多私人內容，但經法庭審判，認為訴訟理由並不充分。鬧過那場官司，無形中替此書做了大大的宣傳。

眾多學者認為《老人與海》是一篇寓言，闡明了他對作家和寫作的看法。文中用多方面的比喻來表達他本人的創作生涯，說明了藝術家的艱苦創作過程。作者把漁夫比做作家，捕魚術代表寫作藝術和技巧，大海比喻文壇，而大魚則是偉大的作品。海明威認為作家應離羣索居，鍥而不捨，正如《老人與海》以一個孤獨老人在灣流中捕魚開始至故事終結為止。他曾說：「寫作，在最成功的時候，是一種孤獨的生涯。」這正正與張愛玲的孤寂生活不謀而合。

世上的孤獨有千萬種，無論是年少時的孤芳自賞，抑或年老時的離羣索居，唯獨張愛玲能駕馭孤寂及悲涼的狀態，讓人不禁心生敬佩之情。

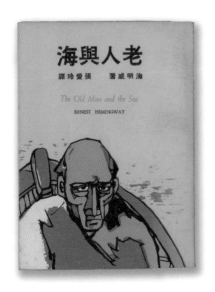

1972 年 1 月，今日世界社出版的《老人與海》，譯者張愛玲，序的中譯者李歐梵，封面設計及插圖繪者是蔡浩泉。

1988 年 6 月，台灣英文雜誌社出版《老人與海》中譯本，譯者張愛玲，序的中譯者李歐梵。

2012 年 3 月，北京出版集團公司與北京十月文藝出版社聯合出版《老人與海》中譯本簡體版，譯者張愛玲。該譯作是中國內地首次出版。

從「張愛珍」到「愛珍」

　　張愛玲在上海早就標榜過「出名要趁早！」，但因與胡蘭成的關係，曾受外間及文壇的負面抨擊，不得不以筆名來掩飾身分。而且她又遇過別人的冒名偽作，因為愛惜羽毛，她便以筆名代之。

　　張愛玲曾在不同時期以世民、梁京、霜廬、范思平這四個筆名發表文章及譯作，前三個筆名是她在上海時期使用的，只有「范思平」這筆名是她身在香港時才改的。至於張愛玲還有沒有其他筆名，都是張學研究者、張迷及讀者一直想知道的。終於在「祖先奶奶」百歲誕辰之年，埋藏超過半世紀的張愛玲筆名「張愛珍」和「愛珍」及其譯作《海底長征記》(*Submarine*)，終被筆者及香港資深傳媒人鄭明仁兄聯手合作考究才得以揭曉。

《海底長征記》的譯者

　　話說 2020 年 5 月 19 日的上午，鄭明仁在手機上傳了一張由九龍舊書店拍攝的《海底長征記》書影給筆者，他提到該書的譯者名叫「愛

珍」，問到「愛珍」是否張愛玲？這本《海底長征記》中譯本，筆者曾在年前於一份美國出資、香港編輯的《今日世界》月刊之新書介紹專欄中讀過，作者名為比齊（Edward L. Beach），譯者為愛珍，由香港《中南日報》印行。內容關於一名身經 12 次戰役的比齊艇長，回憶他率領潛水艇隊出海作戰的遭遇，是第二次世界大戰期間最寫實的海底戰鬥記錄。筆者最記得此書的譯者名叫「愛珍」，全因它是一個很特別的女性名字，估計是譯者的筆名。

初時，本人曾猜估愛珍可能是張愛玲，因愛珍的「珍」字驟眼看來很像「玲」字，而且《海底長征記》的封面上以「珍」的異體字「珎」代替，「珎」字看來更像「玲」字。《今日世界》的書評上寫到：「中文本譯筆很流俐。可惜有四十五處校對大意的地方。好在書尾有勘誤表。」看過這評語，筆者打消了之前推測譯者是張愛玲的念頭，因她以慢工出細貨見稱，譯作不會粗心大意。當鄭明仁傳來《海底長征記》封面圖片時，筆者即時向他說：「早已看過這書的封面，似乎不像張愛玲的譯作，若要確定『愛珍』是誰，是否張愛玲，一定需要憑證或文獻記載，而且始終未看過原書及讀過內容，很難在短時間內確定。」

為了尋找真相，筆者與鄭明仁便約定往九龍舊書店看書。到達書店後，店長廖雋然已準備了《海底長征記》。簡讀過書，看過版權頁，還有勘誤表，已有基本的了解。勘誤表上的 45 個錯處，絕大部分是印刷工人執錯字粒所致，例如「爍爛的陽光」（誤）應為「燦爛的陽光」（正）、「加足馬功」（誤）應為「加足馬力」（正）、「近在呎尺」（誤）應為「近在咫尺」（正）等等。在該書的〈卷首語〉上，筆者留意到以下字句：

卷首語

這一篇可歌可泣的動人故事，是第二次世界大戰期間的寫實記載。於 1954 年 5 月 6 日起在本報綜合版「中南海」連續刊載，將及三閱月。全文長逾 12 萬字，譯筆簡潔流暢，深受讀者歡迎。茲應各方紛紛要求，特提前出版單行本，想讀者均以先睹全豹為快也。

《中南日報》，1954 年 8 月

從以上卷首語來看，顯然《中南日報》是最重要的蛛絲馬跡。筆者便着手從《中南日報》開始研究，嘗試找出一些線索來。初文出版社出版的《看路開路——慕容羽軍香港文學論集》中的其中一章〈談《中南日報》〉寫到，《中南日報》於 50 年代創辦，辦報目的是為了救濟逃港的華南知識分子，所以定名為「中南」。當該報有了經費和名稱後，便組成了《中南日報》董事會，以江浙的文化界人士丁中江為董事長，廣州著名報人陳錫餘為報社社長。參與報社主要工作的人包括梁善文、李少穆、嚴南方、梁風、蕭鱗等當年廣州報界知名人士，他們分別擔任社長、副社長、總經理、總編輯、編輯主任、採訪主任等職位，慕容羽軍則擔任副刊編輯。

《海底長征記》中譯本,作者比齊 (Edward L. Beach),譯者愛珍(即張愛玲),香港《中南日報》於 1954 年 8 月印行。

《海底長征記》版權頁,清楚註明譯者名叫愛珍,出版社為《中南日報》,於 1954 年 8 月初版。

書評

海底長征記

水建彤

記征長底海

比東著　愛珍譯
中南日報印行
定價壹元二角

也許我讀書不多。這類增長知識的書，還是第一次讀到。這是一本軍人日記，記一艘鰒魚號潛水艇出海作戰的遭遇。

中文本譯筆很流俐，可惜有四十五處校對大意的地方。好在書尾有勘誤表。

一艘潛水艇帶領另一艘潛水艇衝入敵人敵陣，作戰之後衝出重圍，發現這艘隨同作戰的潛水艇被敵人敵除，一定要一同回來。它冒險橫衝直入敵水道去營救起。還有一次，好幾艘潛水艇集結在海底，全艘壯烈犧牲。敵愾發來時，跟蹤攝好敵艦，怕敵艦發覺潛水艇是自己的，空軍把自己一方的潛水艇炸沉了一般。這類的故事有許多許多，一時說不完。還有第二次世界大戰時在中國青島海外和黃海作戰的故事。

潛水艇上的人，性格非常奇怪。從他們到敵人的艦員，都時時刻刻，跟死刑一樣。敵愾敏鋭和這艘潛水艇之間的水道去營救起。同出征的人，一定要一同回來。這種感情，超過世間不自私的手足之情。一到海底，人人心理上都把潛水艇當作有靈性的活人，大家細心細意服侍它，耐心地模熟它的脾氣。並且不知不覺中就會覺得潛水艇有知覺，有靈感，也要吃，也要呼吸，也會累。有人說世界戰史上的某某人將有「第六種感覺」；看了「海底長征記」，我覺得，由於新式戰具越來越精靈古

怪，越來越神通廣大，身為自由世界戰士的軍人的心理、感覺、和道德義念都高于常人。飛高六萬呎或潛水二萬浬的人，識覺當然會更加靈敏。除了視覺、嗅覺、嗅覺、聽覺、味覺而外，還會有許多異樣的感覺——忘我的感覺，不怕死的感覺，以及臨時的警機，愛護戰友的感覺等等。

我對軍事科學外行。還是把中譯本的序抄在下面吧：

比齊艇長在本書裡所敍述的情況，有許多人都經感過，不過多數已經壯烈殉職，無法留傳下去。往往有些最英勇的潛水艇人員以及他們的潛水艇的前途，在太平洋潛水艇總司令部長期焦急等候消息之後，只得不以「逾期未返防」，「作出失論」而宣告結束。第一艘鰒魚號，鯖魚號，海狼號，深入敵陣，驅魚號，刀魚號等都是英勇地反功，哨花魚號，以便摧殘我們的防線，讓我們修理往珍珠港受了創傷的艦艇，讓國軍的造船廠精極加工補充船塢的損失，而這些潛艇的墓誌銘就是這樣不幸的寫下來的。三百七十四名官佐和三千一百三十一名士兵在潛艇戰役中壯烈犧牲，掃清了敵人在太平洋上的船步，而比齊身經十二次戰役，獨

獲生還。這好像是天意要留下此人為我們寫出當時這班戰士們每日生活的片斷：不顧生死的冒險，勝利的歡欣，以及令人麻痺的恐怖。除了親愛、嗜戰之外，還會有許多異樣的感覺。

比齊的冒險生涯，在鰒魚號和深海蝶號上開始的歡欣。

他很早就體驗到魚雷爆炸的歡欣，海面夜戰的歡欣，以及因為魚雷炸彈的歡欣，海面夜戰的歡欣，或者過早爆深水炸彈的恐怖。再，當他看到華美而結實的船艦——沉入海底，他也感覺每一個海員所共有是敵人的憤恨。

美國海軍部綸功行賞，特命比齊為擢新的潛艇舫鰒魚號的艇長。這使他送到了每個潛艇人員的理想：在激烈戰鬥裡擔任指揮一艘潛水艇的長。在海水深處，精着的水道——比齊穿過無數行列的水雷而潛航到敵人的最後根據地。後來戰事結束，該艇才退役。

比氏今天又在指揮另一新建的鰒魚號，為了紀念本書所描敍的潛艇，所以取了同樣的名稱。給予他這一個榮譽是再適合不過了。我謹向比齊和鰒魚號祝賀「一帆風順」，多多斬獲」，我相信這是我替比齊的同袍——健在的或已身故的頌辭。

1950 年代中，《今日世界》雜誌有一篇書評向讀者介紹《海底長征記》。

慕容羽軍與張愛玲的緣

　　筆者估計慕容羽軍這位《中南日報》副刊編輯，應知悉 1950 年代《海底長征記》的出版事宜及譯者資料，便試從慕容羽軍尋找他曾否與張愛玲有交往或集稿活動。慕容羽軍生於 1925 年，廣州人，原名李維克，又名李影。他堪稱文化界的一代宗師，桃李滿天下，可與文學泰斗劉以鬯齊名。少年時期他曾參加對日作戰戰地服務，進出湘桂戰場。戰後從事新聞工作。五十年代南來香港，曾於中學及大專院校執教鞭，歷任《文藝新地》執行編輯、《少年雜誌》主編、《東海畫報》總編輯、《中文星報》總編輯、《工商日報》副刊主編及《中南日報》副刊編輯。先後出版文學理論、散文、小說、新舊詩詞達三十餘部。著名作品有《島上箋》、《為文學作證》、《論詩》、《詩僧蘇曼殊評傳》、《濃濃淡淡港灣情》、《長夏詩葉》、《星心曲》、《山頂一縷雲》、《白雲故鄉》和《瘦了，紅紅》等。

　　筆者聯絡鄭明仁詢問他是否認識慕容羽軍或他的朋友，經此一問不得了！原來鄭的中學老師盧澤漢（即盧文敏）是慕容羽軍的高足弟子，亦即鄭明仁的師祖便是慕容羽軍。鄭明仁向年近八十的盧老師查詢慕容羽軍是否在《中南日報》工作時，曾邀請張愛玲寫稿。雖然年代相距甚遠，但盧老師的記憶還很清楚，他說沒親耳聽過慕容老師說過，但他的著作《濃濃淡淡港灣情》曾提及怎樣認識張愛玲，可找來研究。

〈我所見到的胡蘭成、張愛玲〉

　　筆者幸得初文出版社社長黎漢傑的協助，在其書倉找到了慕容羽軍於 1996 年 3 月出版的《濃濃淡淡港灣情》，書中第 133 頁上刊有一篇文章名為〈我所見到的胡蘭成、張愛玲〉，內文說到慕容羽軍認識張愛玲是一次偶然。某天他到《今日世界》的編輯部探朋友，碰巧張愛玲都來了，朋友禮貌地作了例行式介紹，彼此打過招呼便認識了。那時候他正替朋友的一本周刊做點集稿的工作，因為是小本經營及付不起高稿費，從來不敢提到向張愛玲這一類作家邀稿。

　　之後，慕容羽軍轉到《中南日報》工作，他的朋友在《今日世界》工作，談起張愛玲的譯稿交得很準時，已經積存了三部稿了。他靈機一觸，問這位朋友可不可以把其中一部稿交給《中南日報》連載。他的那位朋友大喜，笑道：「這是最好不過的方式，反正印書也是希望多些人看到，連載之後再結集成書，會顯得作品更受重視。」他這位朋友便把一部小說的譯稿交給慕容羽軍，並說明這部小說要在三個星期之後，辦好行政上的手續才可在報上刊出。

　　慕容羽軍為《中南日報》能連載張愛玲的譯文特別擬了一則預告，交給報社主事人，刊登在第一版的顯眼處。可是當預告登出後，立即招來張愛玲的電話。他接聽後，張愛玲便嘩啦嘩啦地說：「很對不起，想請你幫個忙，不要把我的名字登在報上，可不可以？」慕容羽軍呆住了並回應：「你嫌我們的報紙不夠名氣？這份報紙雖屬初出未幾，銷路還算不錯呢！」張愛玲接着說：「不是這個意思，我只是想，不要給別人感覺到我參加報紙的行列。」

慕容羽軍把這訊息告訴《中南日報》的負責人，並向他說：「這篇稿很好，反正付稿費的不是我們，不如用取巧的方法，把預告改一改，仍依原定的時間發表，把譯者的名字最後的『「玲」字改為『珍』字，正式刊出時，譯者名字用行書寫得近『玲』字，算是交代了。」負責人感無奈，只好依慕容羽軍的建議，把譯者寫成「張愛珍」。但事情並沒有就此完結，譯稿正式登出後，張愛玲的電話又來了，她說：「又來麻煩你，我知道你把譯者的名字改了，但寫出來的『珍』字，仍有八九分似『玲』字，可不可以把『張』字刪去？希望你再幫我這一點忙！」最後，慕容羽軍在很無奈之下，終於替她刪掉了「張」字，變成了「愛珍」譯。

　　雖然慕容羽軍沒有說明這篇譯文名稱是甚麼，但由《中南日報》出版和「愛珍」譯的，暫時只找到這本《海底長征記》，從而引證「張愛珍」是張愛玲，「愛珍」亦是張愛玲。埋藏超過 66 年、張愛玲的兩個筆名和其譯作《海底長征記》，終由筆者和鄭明仁兄合作將這謎團揭開。無論她的名字是張瑛、Eileen Chang、世民、霜廬、梁京、范思平、張愛珍、愛珍或是其他，始終張愛玲這名字最是著名，最是傳奇！

《中南日報》於五十年代創辦，辦報目的是為了救濟逃港的華南知識分子，所以定名為「中南」。慕容羽軍曾擔任該報的副刊編輯。

慕容羽軍於 1996 年 3 月出版《濃濃淡淡港灣情》，內文刊有〈我所見到的胡蘭成、張愛玲〉一文。

人生是悲是喜
是方是圓是黑
是白是半滿
還是半空

張愛玲
己卯秋志清書

李志清作品

跋

　　2007 年至 2017 年這整整 10 年,埋首寫了數本有關香港航空史的拙作,與讀者分享啟德機場的典故和香港航空業的發展,獲得不少朋友的支持及鼓勵。筆者曾問自己除略懂航空史外,還可以寫其他東西嗎?最後,我立下了決心,「捨航空,寫人物」為目標來挑戰自己。當時曾考慮撰寫葉靈鳳或金庸為題的書籍,最後選定傳奇中的傳奇人物 —— 張愛玲,為筆者首本研究文學奇才的對象。

　　以往坊間出版的張愛玲書籍,多數以文字居多,圖片所佔的比例很少。有見及此,筆者嘗試以圖文並茂的方式,簡單直接的寫作手法,配以收藏品來分享張愛玲的故事,務求吸引讀者的興趣來「喜閱」。經過兩年時間,每天在乘車、工餘和假期期間不斷尋料、搜集、研究、引證、備稿、核對等等,直至 2020 年 2 月中旬,拙作《尋覓張愛玲》初稿終於完成,內容遍及張愛玲的出身、入學、成名、初婚、離異、劇作、譯作及移美等等。

　　執筆之時,世界各地正面臨新型冠狀病毒的肆虐,疫情關係到每人的健康和安危,牽動世界團結,合作抗疫,共同面對及戰勝這嚴重疫症的決心。在此祝願各位讀者身體健康,福壽康寧!

張愛玲大事年表

1920 年
● 9 月 30 日（農曆庚申年八月十九日），張愛玲在上海一座仿西式大宅出生，位處上海公共租界西區的麥根路 313 號（今靜安區康定東路 87 弄）。張愛玲原名張煐，生肖屬猴，父親是張志沂（又名張廷重），母親是黃素瓊（又名黃逸梵），祖父是清末名將張佩綸，祖母是李鴻章之長女李菊耦，外曾祖父是晚清重臣李鴻章。

1921 年
● 12 月，張愛玲的弟弟張子靜（小名小魁）於上海市出生。

1922 年
● 張志沂任天津津浦鐵路局秘書，後全家從上海搬到天津 32 號路 61 號大宅。

1924 年
● 四歲的張愛玲在私塾學習。同年，張愛玲的姑姑張茂淵赴英國留學，黃逸梵陪同前往，撇下一對子女在家。張志沂不務正業，沉迷吸食鴉片。

1928 年
● 張家搬回上海，住在寶隆花園（今延安中路 740 弄康樂村 10 號）。同年黃逸梵和張茂淵從英國回國。

1930 年

- 黃逸梵替女兒報讀初中時把她的原名「張煐」改為「張愛玲」，源於英文「Eileen」的譯音。同年，張愛玲的父母離異，母親和姑姑租住法租界白爾登公寓（今陝西南路 213 號），張愛玲則跟隨父親生活，仍居住在寶隆花園。張愛玲開始閱讀《紅樓夢》。

1931 年

- 9 月，入讀上海白利南路（今長寧路 1187 號）著名的美國教會女子中學 —— 聖瑪利亞女校（St. Mary's Hall）。

1932 年

- 為聖瑪利亞女校初中一年級乙組的學生，在校的英文名字是 Tsang Ai-ling。聖瑪利亞女校年刊《鳳藻》第 12 期上，發表處女作短篇小說〈不幸的她〉和首篇英文散文 The School Rats Have a Party（〈校鼠派對〉）。

1933 年

- 在上海聖瑪利亞女校年刊《鳳藻》上發表首篇散文〈遲暮〉。

1936 年

- 在上海聖瑪利亞女校《國光》創刊號上，發表散文〈牛〉。
- 在上海聖瑪利亞女校年刊《鳳藻》上發表散文〈秋雨〉。

1937 年

- 在上海聖瑪利亞女校的年刊《鳳藻》上，發表首篇影評〈論卡通畫之前途〉。
- 在《國光》第九期上，發表〈霸王別姬〉。
- 張志沂與民國政府前總理孫寶琦的女兒孫用蕃再婚。張愛玲和繼母不和，曾經因為和她吵嘴，遭父親痛打，更被父親鎖在大宅的房間幽禁半年。

1938 年

- 張愛玲將被幽禁及痛打的痛苦經歷，寫成英文散文 What a life! What a Girl's Life！刊登在《大美晚報》上，成為她首篇在報刊發表的英文文章。後來張愛玲離家出走，至開納路 195 號開納公寓（今武定西路），投靠生母黃逸梵。

- 美國女作家哈爾賽（Margaret Halsey）出版作品 *With Malice Toward Some*。後來引起在港大攻讀的張愛玲的注意，決定動筆翻譯。

1939 年

- 年初，張愛玲搬到上海靜安寺路赫德路（今常德路）195 號愛丁頓公寓 51 室，又名愛林登公寓（今常德公寓）。後考獲倫敦大學的獎學金，卻因第二次世界大戰爆發，轉讀香港大學文學院。

- 8 月 29 日，張茂淵介紹李開第工程師作張愛玲的監護人，張順利在香港大學註冊，入讀文學院選修中文及英文科。求學期間，結識斯里蘭卡裔女子炎櫻（Fatima Mohideen），成為摯友。

- 投稿到上海《西風》雜誌舉辦的三週年徵文比賽，以一篇〈天才夢〉獲得名譽獎第三名，是她首次公開發表獲獎的作品。

1940 年

- 《西風》月刊 8 月號第 48 期中，榮獲名譽獎第三名的〈天才夢〉原文首次刊出。

1941 年

- 6 月，首篇發表的翻譯作品〈謔而虐〉，刊登在西風月刊社出版的《西書精華》第六期（民國 30 年夏季號）上。
  12 月 8 日，日軍侵港，經過 18 天的戰爭，在聖誕節當天香港無條件投降，成為日本佔領地。香港大學重要建築物包括大禮堂（今陸佑堂）在戰事下受嚴重炸毀，張愛玲曾當上臨時防空員及護士。

1942 年
- 香港淪陷，張愛玲學業中斷，回到上海後轉到聖約翰大學求學，兩個月後因經濟窘困輟學，轉而賣文為生。當時她租住赫德路愛丁頓公寓從 51 室遷至 65 室，與張茂淵為鄰。

1943 年
- 獲得《紫羅蘭》主編、鴛鴦蝴蝶派著名作家周瘦鵑賞識，在《紫羅蘭》先後發表《沉香屑 —— 第一爐香》和《沉香屑 —— 第二爐香》兩篇中短篇小說。往後在上海具影響力的雜誌包括《萬象》、《雜誌》、《天地》、《小天地》、《大家》、《新中國報》、《苦竹》、《古今》、《新東方》等等都有她的作品出現。
- 9 月及 10 月，中篇小說《傾城之戀》首次刊登在上海《雜誌》文學月刊。
- 11 月 10 日，蘇青主編的《天地》第二期，刊有張愛玲的短篇小說《封鎖》。汪精衞政權宣傳部次長兼作家胡蘭成看過此文，後與張愛玲相識、交往、相知及相戀。

1944 年
- 5 月 10 日，上海《雜誌》刊有張愛玲、蘇青及汪麗玲三位作家玉照，另刊登了張愛玲的著名小說《紅玫瑰與白玫瑰》及胡蘭成的〈評張愛玲〉。
- 8 月 15 日，雜誌社出版張愛玲的小說集《傳奇》初版本，收錄了中短篇小說共 10 篇，包括：《金鎖記》、《傾城之戀》、《茉莉香片》、《沉香屑 —— 第一爐香》、《沉香屑 —— 第二爐香》、《琉璃瓦》、《心經》、《年青的時候》、《花凋》及《封鎖》。《傳奇》初版本創下了四天銷售一空的紀錄。
- 胡蘭成與張愛玲舉行簡單婚禮，只有炎櫻及胡蘭成的侄女胡青芸在場。張愛玲在婚書上寫道：「胡蘭成與張愛玲簽訂終身，結為夫婦」；胡蘭成在句子後加上「願使歲月靜好，現世安穩」。
- 9 月 25 日，雜誌社發行《傳奇》再版本，張愛玲在序言〈再版的話〉中的一句「出名要趁早呀」，成為膾炙人口的名言。
- 10 月，張子靜與友人出版刊物《飆》，張子靜發表散文〈我的姊姊張愛玲〉，張愛玲畫插圖《無國籍的女人》。

- 11 月 1 日，《天地》雜誌第 14 期出版，封面改由張愛玲設計及繪畫，以綠、紫、白三色畫有面向天的菩薩，該期還刊有張愛玲的〈談跳舞〉散文。
- 11 月胡蘭成離開新婚的張愛玲，獨自去武漢辦報。
- 12 月，上海五洲書報社總經售張愛玲首本散文集《流言》，封面由炎櫻設計，書名、繪圖及作者名稱均出自張愛玲手筆。
- 12 月 16 日，編劇張愛玲及導演朱端鈞合作四幕八場話劇《傾城之戀》，在上海新光大戲院上演，連演 80 場。

1945 年
- 8 月 15 日，日本宣佈無條件投降，中國光復。胡蘭成化名張嘉儀，逃到浙江溫州。流亡期間他結識女子范秀美，共赴同居。

1946 年
- 2 月，張愛玲從上海至溫州找胡蘭成，失望而回。
- 6 月 15 日，張愛玲以筆名「世民」在上海《今報・女人圈》副刊發表〈不變的腿〉，連載三天至 6 月 17 日為止。
- 12 月底，以半個月時間撰寫電影劇本《不了情》。電影由文華影片公司發行，桑弧執導。

1947 年
- 4 月 9 日，《不了情》於上海滬光大戲院試映，大獲好評，被譽為「勝利以後國產影片最適合觀眾理想之巨片」。文華影片公司印刷一批精美的「試映票」給傳媒及嘉賓名流，免費入場觀看。
- 6 月 10 日，張愛玲把《不了情》、《太太萬歲》的編劇稿酬共 30 萬元給胡蘭成，與胡正式分手。
- 12 月 3 日，張愛玲在《大公報・戲劇與電影》發表散文《〈太太萬歲〉題記》，引起外界抨擊。
- 12 月 14 日，桑弧執導、張愛玲編劇的《太太萬歲》，在上海四大影院的皇后、金城、金都、國際同日獻映。

1948 年

- 10 月 30 日，環球出版社發行《幸福》雜誌第 22 期，主編為汪波（即沈寂），刊有毛姆短篇小說〈牌九司務〉中文譯文，譯者署名「霜廬」，即張愛玲。
- 12 月 1 日，以「霜廬」筆名在《春秋》期刊發表毛姆的小說《紅》中文譯文。

1949 年

- 4 月 21 日，電影《哀樂中年》於上海首映，電影廣告上指編導為桑孤，演員有石揮、朱嘉琛、沈揚、李浣青及韓非等。
- 10 月 1 日，新中國成立，張愛玲留在上海。

1950 年

- 3 月 25 日，以筆名「梁京」在《亦報》連載首部長篇小說《十八春》，1951 年 2 月 11 日連載完畢。

1951 年

- 11 月 4 日，以筆名「梁京」在《亦報》發表中篇小說《小艾》，1952 年 1 月 24 日連載完畢。

1952 年

- 7 月，張愛玲以「繼續因戰事而中斷的學業」，離開中國大陸，重回香港，暫住女青年會。
- 8 月 21 日，港大文學院院長貝查撰寫推薦信，說明張愛玲原是港大學生，成績優異，曾獲取何福獎學金，但因受日本侵戰香港而被迫中斷學業，支持她向港大申請助學金，重新就讀。
- 12 月，香港中一出版社出版《老人與海》中譯本初版，作者海明威，譯者范思平，即張愛玲。

1953 年

- 張愛玲的父親張志沂在上海去世，終年五十七歲。
- 張愛玲於美國新聞處的駐港辦事機構任職，結識畢生摯友鄺文美及宋淇。

在宋淇協助下，成為電懋的主要編劇之一。宋淇家住北角繼園街，張愛玲委託他在北角繼園街不遠的英皇道租了一個小單位，方便聯絡宋家，也有個私人地方寫稿。張愛玲受美國新聞處工作安排，開始撰寫《赤地之戀》。

- 10 月，《中南日報》開始刊登署名張愛玲翻譯的《冰洋四傑》，作者為美國傳記小說家佛蘭西斯‧桑頓。

1954 年

- 1 月，《今日世界》第 44 期開始連載張愛玲中篇小說《秧歌》，直至第 56 期為止。
- 1 月，香港天風出版社出版《愛默森選集》，選譯者張愛玲。
- 5 月，香港中一出版社出版《老人與海》中譯本再版（即第二版），譯者為范思平，即張愛玲。
- 7 月，今日世界社出版《秧歌》單行本。
- 8 月，《中南日報》出版《海底長征記》中譯本初版，作者比齊（E.L. Beach），譯者愛珍，即張愛玲。
- 秋後，鄺文美陪伴張愛玲到北角英皇道 338 號蘭心照相館（Lee's Studio）拍照。翌年 3 月 4 日《紐的時報》刊登了《秧歌》書評，選用其中一張身穿小鳳仙領唐裝，雙手叉腰，頭往上抬，顯得面兒較圓的經典照片，張愛玲喜歡此圓臉照片。
- 《中南日報》刊登署名張愛玲翻譯的《冰洋四傑》，作者為美國小說家佛蘭西斯‧桑頓。

1955 年

- 5 月，中一出版社出版《老人與海》中譯本第三版，作者海明威，譯者改為「張愛玲」。書內張愛玲寫有序言，日期註明為 1954 年 11 月。
- 秋，張愛玲乘搭「克利夫蘭總統號」郵輪離港赴美，到碼頭送行的只有鄺文美及宋淇。船到日本，張愛玲寄出一封六頁長信給他們，其中有些話：「別後我一路哭回房中，和上次離開香港的快樂剛好相反，現在寫到這裏也還是眼淚汪汪起來。」

1956 年

● 張愛玲居住在新罕布夏州彼得堡的麥克道威爾文藝營（MacDowell Colony），生活窘迫。在文藝營中結識了六十五歲的左翼劇作家賴雅（Ferdinand Reyher）。

1957 年

● 相識賴雅半年後，張愛玲因懷孕而結婚，最後選擇墮胎。

● 5 月 29 日，電影《情場如戰場》首日在香港上映，是張愛玲為國際電影懋業有限公司撰寫的首個電影劇本。1957 年至 1964 年期間，張愛玲為電懋公司共編寫十部劇本，其中八部被拍成電影，包括《情場如戰場》（1957 年）、《人財兩得》（1958 年）、《桃花運》（1959 年）、《六月新娘》（1960 年）、《南北一家親》（1962 年）、《小兒女》（1963 年）、《一曲難忘》（1964 年）、《南北喜相逢》（1964 年）、《紅樓夢》（分上下集，未有拍成）、《魂歸離恨天》（未有拍成）。

1958 年

● 獲加州韓廷敦哈特福基金會資助半年，在加州專門從事寫作，發表小說《五四遺事》。

1959 年

● 4 月 9 日，電影《桃花運》正式上映，該戲由岳楓導演，張愛玲編劇，主演有陳厚、劉恩甲、葉楓及王萊等。

1960 年

● 1 月 23 日，《星島晚報》刊登了由葛蘭主演的《六月新娘》電影廣告，寫有「名女編劇家張愛玲精心傑作」及宣傳字句「魯男子失愛得愛，俏新娘拒婚完婚」。

● 7 月，張愛玲成為美國公民。

1961 年

- 文學評論家夏志清在美國耶魯大學出版《中國現代小說史》，其中以大篇幅介紹張愛玲的著作，推崇張愛玲的《金鎖記》是「中國從古以來最偉大的中篇小說」，更認為張愛玲該是「今日中國最優秀最重要的作家」。
- 張愛玲先訪台北，後到花蓮觀光，最後到香港，曾與表姪女張小燕會面。期間賴雅不斷中風，最終癱瘓臥床，張愛玲回到美國照顧丈夫。

1962 年

- 7 月，今日世界出版社出版《鹿苑長春》中文譯本，作者 M・勞林斯，譯者張愛玲。

1963 年

- 寫有 A return to the Frontier，後翻譯成中文〈重訪邊城〉。

1966 年

- 张愛玲把中篇舊作《金鎖記》改寫為長篇小說《怨女》。

1967 年

- 5 月，今日世界出版社出版《美國現代七大小說家》，本書由張愛玲、林以亮、於梨華和葉珊翻譯。張愛玲除譯原編者序外，還翻譯辛克萊・路易士、海明威和湯麥斯・吳爾甫三位小說家的作品。
- 10 月 8 日，賴雅去世，張愛玲獲邀為美國雷德克里芙學校駐校作家，開始將清朝長篇小說《海上花列傳》翻譯成英文。

1968 年

- 《十八春》的內容經修改後重新定名為《半生緣》，分別在台灣《皇冠》雜誌及香港《星島晚報》連載。

1969 年

● 張愛玲移居加州舊金山灣區,應陳世驤教授之邀,受聘於伯克利加州大學的中國研究中心,擔任高級研究員。展開對中國共產黨專用術語、《紅樓夢》等課題的研究。

1971 年

● 陳世驤教授逝世,張愛玲從伯克利加州大學離職。

1972 年

● 1 月,今日世界社出版《老人與海》初版,譯者張愛玲,譯序者李歐梵,封面設計及插圖繪者為蔡浩泉。

1973 年

● 張愛玲定居加州洛杉磯,晚年深居簡出。

1976 年

● 3 月,香港文化・生活出版社出版張愛玲的散文集《張看》。出版社主持人是詩人戴天,責任編輯是黃俊東。

1977 年

● 8 月,皇冠出版社出版張愛玲的《紅樓夢魘》。張愛玲說平生有三大恨:「一恨海棠無香,二恨鰣魚多骨,三恨《紅樓夢》未完」。她像是曹雪芹的知己,追蹤他 20 年間在悼紅軒的批閱與增刪,從中更了解《紅樓夢》的寫作痕跡及精髓。

● 12 月,小說《色,戒》於《皇冠雜誌》發表,刊出前宋淇於同年 11 月 22 日去信張愛玲,告之喜訊:「皇冠本期有色戒的全頁預告,好像認為是鎮家之寶似的。」分享喜悅之時,兩人料不到不久有署名「域外人」的,在《中國時報》撰文《不吃辣的怎麼胡得出辣子?——評〈色,戒〉》一文,抨擊張愛玲的《色,戒》一文實為歌頌漢奸。

1978 年
- 11 月 27 日，張愛玲撰寫〈羊毛出在羊身上——談色，戒〉，羅列理據反擊「域外人」，該文刊於台北《中國時報·人間》。

1981 年
- 1967 年張愛玲開始英譯《海上花列傳》，達 14 年之久，譯稿差不多完成。因夏志清的幫忙及介紹，將英譯本交由哥倫比亞大學出版社出版。但最後，張愛玲放棄了出版英譯《海上花列傳》的決定。

1982 年
- 4 月至翌年 11 月，張愛玲將《海上花列傳》吳語小說翻譯為國語本，命名為《海上花》。

1983 年
- 11 月，皇冠雜誌社出版單行本，題為《海上花》，後來收入《張愛玲全集》。《海上花》分上下兩冊出版，上冊題為《海上花開 —— 國語海上花列傳 I》，下冊則題為《海上花落 —— 國語海上花列傳 II》。
- 《惘然記》出版，張愛玲在序中說明《色，戒》由 1953 年開始動筆。

1984 年
- 張愛玲在洛杉磯準備搬家整理行李時，看到自己曾在香港北角英皇道蘭心照相館，拍攝的一張經典雙手叉腰照片上的署名與日期，剛巧整整 30 年前。不禁自題「悵望卅秋一灑淚，蕭條異代不同時。」

1992 年
- 2 月 14 日，張愛玲在美國立了遺囑，在法定公證人與其他三位證人面前宣誓，一切依照當地法律。遺囑當中有三項要點：
  第一：我去世後，我將我擁有的所有一切都留給宋淇及鄺文美（宋淇夫婦）。

第二：遺體立時焚化 —— 不要舉行殯儀館儀式 —— 骨灰撒在荒蕪的地方 —— 如在陸上就在廣闊範圍內分撒。

第三：我委任林式同先生為這份遺囑的執行人。

1994 年

- 7 月，皇冠出版社出版張愛玲生前最後一本著作《對照記 —— 看老照相簿》，首度披露的自傳式圖文集，書中羅列的照片，從童年、青年到中年都經過她親自篩選，每張照片配有張愛玲的說明文字，展現她不同時期的回憶及情感。
- 12 月，台灣《中國時報》授予張愛玲第十七屆文學獎特別成就獎。張愛玲為此寫了《憶〈西風〉—— 第十七〈時報〉文學獎特別成就獎得獎感言》。

1995 年

- 9 月 8 日，張愛玲的房東發現她於洛杉磯家中逝世，終年七十四歲，死因是心血管疾病。遺囑執行人林式同（張愛玲朋友莊信正的大學同學）在《有緣得識張愛玲》裏寫道：「張愛玲是躺在房裏唯一的一張靠牆的行軍牀上去世的。身下墊着一牀藍灰色的毯子，沒有蓋任何東西，頭朝着房門，臉向外，眼和嘴都閉着，頭髮很短，手和腳都很自然地平放着。她的遺容很安詳，只是出奇的瘦，保暖的日光燈在房東發現時還亮着。」
- 9 月 19 日，林式同遵照張愛玲的遺願，將她的遺體在洛杉機玫瑰崗墓園火化，沒有舉行公開葬禮。
- 9 月 30 日，當天正是張愛玲的七十五歲誕辰，張愛玲的骨灰被撒在太平洋，結束了她傳奇的一生。

參考資料

1. 張愛玲著作

張愛玲:〈不幸的她〉,上海聖瑪利亞女校《鳳藻》第 12 期,文瑞印書館,1932 年 6 月。

張愛玲:〈遲暮〉,上海聖瑪利亞女校《鳳藻》第 13 期,文瑞印書館,1933 年 6 月。

張愛玲:〈牛〉,上海聖瑪利亞女校《國光》創刊號,1936 年。

張愛玲:〈論卡通畫之前途〉,上海聖瑪利亞女校《鳳藻》第 17 期,文瑞印書館,1937 年 6 月。

張愛玲:〈霸王別姬〉,上海聖瑪利亞女校《國光》,1937 年。

張愛玲:〈天才夢〉,西風雜誌第 48 期,上海西風社,1940 年 8 月。

張愛玲:〈謔而虐〉,《西書精華》第 6 期,上海西風社,1941 年 6 月。

張愛玲:《傾城之戀》,《雜誌》9 月號,上海雜誌社,1943 年。

張愛玲:〈必也正名乎〉,《雜誌》第 12 卷第 4 期,上海雜誌社,1944 年 1 月。

張愛玲:《傳奇》初版本,上海雜誌社,1944 年 8 月 15 日。

張愛玲:《傳奇》再版本,上海雜誌社,1944 年 9 月 25 日。

張愛玲:《流言》,上海五洲書報社,1944 年 12 月。

張愛玲:《傳奇》增訂本,上海山河圖書公司,1946 年 11 月。

張愛玲:《十八春》,筆名梁京,亦報社,1951 年 11 月。

張愛玲:《老人與海》初版,作者海明威,翻譯范思平,香港中一出版社,1952 年 12 月。

張愛玲:《老人與海》,黃底灰字封面版本,作者海明威,翻譯范思平,香港中一出版社,出版日期不詳。

張愛玲：《愛默森選集》，作者愛默森，翻譯張愛玲，香港天風出版社，1954年1月。

張愛玲：《老人與海》再版，作者海明威，翻譯范思平，香港中一出版社，1954年5月。

張愛玲：《張愛玲短篇小說集》，香港天風出版社，1954年7月。

張愛玲：《秧歌》初版，香港今日世界社，1954年7月。

張愛玲：《海底長征記》初版，作者比齊，翻譯愛珍，《中南日報》，1954年8月。

張愛玲：《赤地之戀》，香港天風出版社，1954年10月。

張愛玲：《老人與海》第三版，作者海明威，翻譯張愛玲，香港中一出版社，1955年5月。

張愛玲：《鹿苑長春》，作者 M・勞林斯，翻譯張愛玲，今日世界出版社，1962年7月。

張愛玲：《歐文小說選》，翻譯張愛玲、方馨、湯新楣等，今日世界出版社，1963年。

張愛玲：《美國現代七大小說家》，翻譯張愛玲、林以亮、於梨華和葉珊，今日世界出版社，1967年5月。

張愛玲：《張愛玲短篇小說集》，台北皇冠出版社，1968年7月。

張愛玲：《怨女》初版，皇冠雜誌社，1968年7月。

張愛玲：《半生緣》，皇冠雜誌社，1969年3月。

張愛玲：《老人與海》初版，作者海明威，翻譯張愛玲，今日世界社，1972年1月。

張愛玲：張愛玲短篇小說集之一《傾城之戀》，皇冠出版社，1980年。

張愛玲：《睡谷故事　李伯大夢》，作者華盛頓・歐文，翻譯張愛玲、方馨，今日世界出版社，1980年。

張愛玲：《傾城之戀》，蘭嶼出版社，1984年2月。

張愛玲：《傾城之戀》，女神出版社，1985年。

張愛玲：《老人與海》初版本，作者海明威，翻譯范思平，台灣英文雜誌社，1988年6月。

張愛玲：張愛玲短篇小說集之二《第一爐香》，皇冠出版社，1999年。

張愛玲：《流言》，陳子善圖文，浙江文藝出版社，2002年6月。

張愛玲：《同學少年都不賤》，皇冠出版社，2004 年 3 月。

張愛玲：《重訪邊城》，皇冠文化出版，2008 年。

張愛玲：張愛玲典藏 08《小團圓》，皇冠出版社，2009 年。

張愛玲：張愛玲典藏 09《雷峰塔》，皇冠出版社，2009 年。

張愛玲：張愛玲典藏 01《傾城之戀》短篇小說集一，皇冠出版社，2010 年。

張愛玲：張愛玲典藏 13《對照記》散文集三，皇冠出版社，2010 年。

張愛玲：《少帥》，皇冠出版社，2014 年。

張愛玲：〈愛憎表〉，《印刻文學生活誌》，第 12 卷，第 11 期，2016 年 7 月。，

2. 報章雜誌

大東書局：《半月》第 4 卷第 24 號，臨別紀念號，1925 年 12 月。

大東書局：《紫羅蘭》第 4 卷第 15 號，主編周瘦鵑，1930 年 2 月 1 日。

上海西風社：「西風月刊三週年紀念現金百元懸賞徵文啓事」，西風雜誌第 41
　　期，1940 年 1 月號。

上海西風社：「三週年紀念徵文揭曉」，西風雜誌第 44 期，1940 年 4 月。

大東書局：張愛玲《沉香屑 —— 第一爐香》，《紫羅蘭》第二期，1943 年 4 月。

大東書局：張愛玲《沉香屑 —— 第二爐香》，《紫羅蘭》第六期，1943 年 8 月。

萬象：張愛玲《心經》，《萬象月刊》第三年第三期九月號，1943 年 9 月。

天地出版社：《天地》雜誌創刊號，蘇青主編，1943 年 10 月 10 日。

天地出版社：張愛玲《封鎖》，胡蘭成〈「言語不通」之故〉，《天地》第二期，
　　1943 年 11 月。

天地出版社：張愛玲〈公寓生活記趣〉，《天地》第三期，1943 年 12 月 10 日。

天地出版社：張愛玲〈燼餘錄〉，《天地》雜誌第五期，1944 年 2 月。

上海雜誌社：張愛玲散文〈愛〉，《雜誌》四月號，1944 年 4 月 10 日。

天地出版社：張愛玲〈童言無忌〉，《天地》春季特大號《生育問題特輯》，1944
　　年 5 月 1 日。

上海雜誌社：張愛玲《紅玫瑰與白玫瑰》，《雜誌》五月號，1944 年 5 月 10 日。

萬象：迅雨〈論張愛玲的小說〉，《萬象月刊》，1944 年 5 月。

天地出版社：炎櫻〈炎櫻語錄〉，《小天地》創刊號，1944 年 8 月 10 日

光化出版社：告白〈張愛玲手札〉，《光化》創刊特大號，1944 年 10 月 10 日。

天地出版社：張愛玲封面設計，《天地》第 14 期，1944 年 11 月 1 日。

天地出版社：張愛玲〈私語〉，《天地》第 10 期，1944 年。

上海雜誌社：胡蘭成〈評張愛玲〉，《雜誌》五月號，1945 年 5 月 10 日。

上海雜誌社：張愛玲散文〈姑姑語錄〉，《雜誌》五月號，1945 年 5 月 10 日。

文華影片公司：《不了情》試映票，1947 年 4 月 9 日。

新聞報出版社：《不了情》廣告，《新聞報》，1947 年 4 月 24 日。

山河圖書公司：《不了情》廣告，《大家》創刊號，1947 年 4 月。

浙甌日報出版社：《不了情》廣告，《浙甌日報》，1947 年 7 月 5 日。

文華影片公司：張愛玲《〈太太萬歲〉題記》，《大公報・戲劇與電影》第 59 期，
    1947 年 12 月 3 日。

飛報出版社：〈張愛玲香閨之秘密〉，《飛報》，1947 年 12 月 11 日。

文華影片公司：《太太萬歲》電影本事，1947 年 12 月。

文華影片公司：東方蝃蝀〈張愛玲的風氣〉，《太太萬歲》電影本事，1947 年
    12 月。

益世報出版社：《太太萬歲》廣告，《益世報》，1948 年 2 月 26 日。

天津綜合藝術雜誌社：沙易《電影編劇應如何取材 ? 評〈太太萬歲〉》，《綜藝》
    第一卷第五期，1948 年 2 月。

中國電影出版社：《哀樂中年》短文，《電影周報》，1948 年 7 月 24 日。

環球出版社：〈牌九司務〉，作者毛姆，翻譯霜廬，《幸福》第 22 期，1948 年
    10 月 30 日。

春秋雜誌社：《春秋》11 月號及 12 月號合刊，1948 年 12 月 1 日。

春秋雜誌社：《紅》，作者毛姆，翻譯霜廬，《春秋》11 月號及 12 月號合刊，
    1948 年 12 月 1 日。

上海潮鋒出版社：《哀樂中年》劇本，1949 年 2 月。

上海西風社：張愛玲〈天才夢〉，三週年紀念得獎徵文選集（第十版），1949 年
    2 月。

新聞報出版社：《太太萬歲》廣告，《新聞報》，1949 年 3 月 17 日。

解放日報：《哀樂中年》廣告，《解放日報》，1949 年 7 月 8 日。

解放日報：《哀樂中年》電影廣告，1949 年 7 月 10 日。

文華影片公司：《哀樂中年》全部對白本事，1949 年 7 月。

亦報社：明朗《也談〈十八春〉》，《亦報》副刊，1950 年 9 月 30 日。

亦報社：梁京《十八春》第十三章（十），《亦報》，1950 年 10 月 1 日。

亦報社：梁京〈小艾〉，《亦報》副刊，1951 年 11 月 4 日。

亦報社：《十八春》預訂廣告，《亦報》，1951 年 12 月 8 日。

國際電影懋業公司：《情場如戰場》電影本事及拍攝特輯，1957 年 5 月。

明報：簡而清介紹新書《爸爸海明威》（*Papa Hemingway*），作者 A.E. Hotchner，
《明報月刊》第七期，1966 年 7 月。

皇冠出版社：張愛玲美男子原型，皇冠雜誌 249 期，1974 年 11 月。

明報出版社：張愛玲《回顧〈傾城之戀〉》，《明報》，1984 年 8 月 3 日。

台灣聯合報：《哀樂中年》首篇劇本，1990 年 9 月 30 日。

台灣聯合報：《哀樂中年》第十六篇劇本，1990 年 10 月 16 日。

明報出版社：「張愛玲不滅的傳奇」特輯，《明報月刊》，1995 年 10 月。

聯合文學雜誌社：「最後的傳奇張愛玲」特輯，《聯合文學》第 132 期，1995 年
10 月。

近代中國雜誌社：「永遠的張愛玲」特輯，《香港筆薈》第五期，1995 年 11 月。

近代中國雜誌社：「張愛玲在港大」特輯，《香港筆薈》第八期，1996 年 6 月。

東方電影：《半生緣》宣傳海報，1997 年 9 月 12 日。

印刻文學生活雜誌社：「特選張愛玲作品《南北喜相逢》」，《印刻文學生活誌》
第二卷第一期，2005 年 9 月。

皇冠出版社：「永遠的張愛玲逝世十周年特集」，皇冠雜誌，2015 年。

3. 其他作者的文章及著作

水晶：《張愛玲的小說藝術》，大地出版社，1990 年。

水晶：《替張愛玲補妝》，山東畫報出版社，2004 年 5 月。

王德威：〈女作家的現代鬼話 —— 從張愛玲到蘇偉貞〉，《眾聲喧嘩》，遠流，
1988 年。

王德威：〈從「海派」到「張派」 —— 張愛玲小說的淵源與傳承〉，麥田，1998 年。

王德威：《落地的麥子不死》，山東畫報出版社，2004 年 5 月。

王德威：《雷峰塔下的張愛玲：〈雷峰塔〉、〈易經〉，與「迴旋和「衍生」的美學》，《印刻文學生活誌》86 期，2010 年 10 月。

止庵、萬燕：《張愛玲畫話》，天津社會科學院出版社，2003 年。

止庵：《張愛玲全集》，北京十月文藝出版社，2009–2012 年。

止庵：〈女作家盛九莉本事〉，載沈雙編：《零度看張 —— 重構張愛玲》，香港中文大學出版社，2010 年。

毛尖：〈所有能發生的關係〉，《這些年》，印刻文學生活誌，2012 年。

司馬新：《張愛玲與賴雅》，大地出版社，1996 年 5 月。

宋以朗：《〈小團圓〉前言》，張愛玲：《小團圓》，皇冠出版社，2009 年版。

宋以朗：《宋家客廳：從錢鍾書到張愛玲》，陳曉勤整理，花城出版社，2015 年 3 月。

宋以朗、符立中：《張愛玲的文學世界》，北大百年講堂學術會議論文集，2013 年 1 月。

李歐梵：〈張愛玲筆下的日常生活和「現時感」〉，《蒼涼與世故：張愛玲的啟示》，牛津大學出版社，2006 年。

李歐梵：〈張愛玲與好萊塢電影〉，《張愛玲：文學・電影・舞台》，牛津大學出版社，2007 年。

李岩煒：《張愛玲的上海舞臺》，未來書城，2004 年。

李黎著：《浮花飛絮張愛玲》，印刻，2006 年 11 月。

沈雲英：《往事歷歷 —— 青芸口述回憶錄》，槐風書社，2018 年 7 月 1 日。

何杏楓：《重探張愛玲：改編・翻譯・研究》，中華書局，2018 年 8 月。

林幸謙：《荒野中的女體：張愛玲女性主義批評》，廣西師範大學出版社，2003 年。

林幸謙、卓有瑞、陳啓仙合編：《印象張愛玲》，聯經，2012 年 5 月。

周芬伶：《豔異：張愛玲與中國文學》，遠流，1999 年。

周芬伶：〈張愛玲夢魘 —— 她的六封家書〉，《孔雀藍調》，麥田，2005 年。

胡蘭成：《山河歲月》，遠景出版社，1975 年 5 月。

胡蘭成：《今生今世》，遠景與香港「新聞天地」雜誌社，1976 年 7 月。

胡蘭成：《今生今世》，長安出版社，2013 年。

桑弧：〈交待我在 1952 年前所編劇和導演的影片〉手稿，1969 年 2 月 10 日。

夏志清著，劉紹銘等譯：〈第十五章張愛玲〉，《中國現代小說史》，香港友聯，
　　1990 年。

夏志清：《張愛玲給我的信件》，聯合文學出版社，2013 年。

高全之：《張愛玲學續篇》，麥田，2014 年 4 月。

高麗、張瑞英合編：〈「霜廬」張愛玲及幾篇佚文的考証〉，2018 年 3 月。袁瓊
　　瓊：〈多少恨：張愛玲未完〉，《聯合報‧讀書人》，2009 年 3 月 8 日。

張愛玲、宋淇、宋鄺文美：《張愛玲私語錄》，台北皇冠出版，2010 年。

張子靜：〈我的姊姊張愛玲〉，《飆》創刊號，飆出版社，1944 年 10 月。

張子靜、季季著：《我的姊姊張愛玲》，印刻出版社，2005 年 10 月。

張學良口述、唐德剛著：《張學良口述歷史》，遠流出版，2009 年。

張小虹：〈「合法盜版」張愛玲從此永不團圓〉，《聯合報‧要聞版》A4 版，
　　2009 年 2 月 27 日。

陳子善：《私語張愛玲》，浙江文藝出版社，1995 年 11 月。

陳子善：《作別張愛玲》，文匯出版社，1996 年 2 月。

陳子善：《說不盡的張愛玲》，遠景，2001 年。

陳子善：《張愛玲的風氣：1949 年前張愛玲評說》，山東畫報出版社，2004 年
　　5 月。

陳子善：《說不盡的張愛玲》，上海三聯書店，2004 年 6 月。

陳子善：《記憶張愛玲》，山東畫報出版社，2006 年 3 月。

陳子善：《〈炎櫻衣譜〉略考》，《現代中文學刊》總第 2 期，現代中文學刊雜誌
　　社，2009 年 2 月。

陳子善：《看張及其他》，中華書局，2009 年。

陳子善：《研讀張愛玲長短錄》，九歌出版社，2010 年。

陳子善：《沉香譚屑 —— 張愛玲生平與創作考釋》，上海書店出版社，2012 年
　　3 月。

陳子善：《張愛玲叢考》（上、下），海豚出版社，2015 年。

陳子善：《從魯迅到張愛玲》，北京大學出版社，2017 年 7 月。

陳炳良：《張愛玲短篇小說論集》，遠景出版事業，1983 年。

莊信正：《張愛玲莊信正通信集》，新星出版社，2019 年 5 月。

淳子：《張愛玲地圖》，格致出版社，2003 年 9 月。

符立中：《上海神話 —— 張愛玲與白先勇圖鑑》，印刻，2009 年 。

黃德偉編著：《閱讀張愛玲》，香港大學比較文學系，1998 年。

馮睎乾：《在加多利山尋找張愛玲》，三聯書店，2018 年。

楊澤編：《閱讀張愛玲 —— 張愛玲國際研討會論文集》，麥田，1999 年。

劉以鬯：《舊文新編》，天地圖書，2007 年 12 月。

劉紹銘、梁秉鈞、許子東編：《再讀張愛玲》，牛津大學出版社，2002 年。

劉紹銘：《張愛玲的文字世界》，九歌出版社，2007 年。

鄭樹森：《張愛玲的世界》，允晨文化，1989 年。

黎華標編錄：《意有未盡：胡蘭成書信集》，朱天文主編，新經典文化，2011 年
    9 月。

蔣翔華：〈張愛玲小說中的現代手法 —— 試析空間〉，《聯合文學》115 期，
    1994 年 5 月。

蔡登山：《張愛玲傳奇未完》，雲南人民出版社，2004 年 4 月。

蔡登山：《張愛玲色戒》，作家出版社，2007 年 8 月。

蔡登山：《重看民國人物：從張愛玲到杜月笙》，中華書局，2015 年 5 月。

蔡登山：《臨水照花人〈色，戒〉中的鄭蘋如與張愛玲》，福建教育，2015 年 6 月。

藍天雲：〈鴻鸞禧：張愛玲筆下的婚姻喜劇〉，《張愛玲電懋劇本 2：舉案齊眉》，
    香港電影資料館，2009 年。

魏可風：《張愛玲的廣告世界》，聯合文學出版社，2002 年 。

蘇偉貞：《魚往雁返：張愛玲的書信因緣》，允晨文化，2007 年 2 月初版。

蘇偉貞：〈生成—書信：張愛玲的創作—演出〉，《東吳中文學報》第 18 期，
    2009 年 11 月。

蘇偉貞：〈私語雷峰塔 —— 張愛玲的家庭劇場及家庭運動〉，《 淡江中文學報》
    第 27 期，2012 年 12 月。

蘇偉貞：《長鏡頭下的張愛玲 —— 影像、書信、出版》，上海文藝出版社，
    2012 年。

4. 外語著作

Tsang Ai-Ling: "The School Rats Have a Party", St. Mary's Hall Graduation Journal – *The Phoenix*, June 1932.

Tsang Ai-Ling: "The Sun Parlor", St. Mary's Hall Graduation Journal – *The Phoenix*, June 1936.

Tsang Ai-Ling: "My Great Expectations", "Sketches of Some Shepherds", St. Mary's Hall Graduation Journal – *The Phoenix*, June 1937.

Margaret Halsey: *With Malice Toward Some*, Simon & Schuster, 1938.

Eileen Chang: "Chinese Life and Fashions", *The Twentieth Century* 4.1, January 1943.

Eileen Chang: "Still Alive", *The Twentieth Century* 4.6, June 1943.

Eileen Chang: "Demons and Fairies", *The Twentieth Century* 5.6, December 1943.

Eileen Chang: *The Rice-Sprout Song*, Charles Scribner's Sons, 1954.

Eileen Chang: *Naked Earth*, Hong Kong Union Press, 1956.

Eileen Chang: *The Rouge of The North*, Cassell & Company Ltd., 1967.

Eileen Chang: *Written on Water*, translated by Andrew F. Jones, Columbia University Press, 2005.

Ernest Hemingway: *The Old Man and the Sea*, Charles Scribner's Sons, 1952.

Ferdinand Reyher : *David Farragut*, Sailor, Lippincott, 1953.

張愛玲：《色，戒》、《傾城之戀》、《留情》、《封鎖》和《等》（德文版），翻譯洪素珊（Susanne Hornfeck）和包惠夫（Wolf Baus），Ullstein Buchverlag，2009 年。

5. 電影及話劇劇本

《傾城之戀》話劇，導演朱端鈞，編劇張愛玲，1944 年。

《不了情》，導演桑弧，編劇張愛玲，文華影片公司，1947 年。

《太太萬歲》，導演桑弧，編劇張愛玲，文華影片公司，1947 年。

《哀樂中年》，導演桑弧，編劇張愛玲／桑弧，文華影片公司，1949 年。

《情場如戰場》，導演葉楓，編劇張愛玲，國際電影懋業公司，1957 年。

《人財兩得》，導演葉楓，編劇張愛玲，國際電影懋業公司，1958 年。

《桃花運》，導演葉楓，編劇張愛玲，國際電影懋業公司，1959 年。

《六月新娘》，導演唐煌，編劇張愛玲，國際電影懋業公司，1960 年。

《南北一家親》，導演王天林，編劇張愛玲，國際電影懋業公司，1962 年。

《小兒女》，導演王天林，編劇張愛玲，國際電影懋業公司，1963 年。

《一曲難忘》導演鍾啟文，編劇張愛玲，國際電影懋業公司，1964 年。

《南北喜相逢》，導演王天林，編劇張愛玲，國際電影懋業公司，1964 年。

《傾城之戀》，導演許鞍華，改編自張愛玲同名小說，邵氏兄弟（香港），
    1984 年。

《怨女》，導演但漢章，改編自張愛玲《北地胭脂》小說，中央電影，1988 年。

《紅玫瑰白玫瑰》，導演關錦鵬，改編自張愛玲同名小說，金韻電影，1994 年。

《半生緣》，導演許鞍華，改編自張愛玲《十八春》小說，東方電影製作，
    1997 年。

《色，戒》，導演李安，改編自張愛玲同名小說，焦點電影公司，2007 年。

鳴 謝

（排名不分先後）

蒙以下人士及機構協助本書的出版，謹此致謝。

李志清先生	香港大學工程舊生會
陳子善教授	華東師範大學
宋以朗博士	上海市檔案館
關景輝先生	香港機場管理局
湯遠敬先生	皇冠文化出版
康妮・虞女士	皇冠出版社
吳凱程小姐	印刻文學生活雜誌出版
蘇賡哲博士	新亞圖書中心
鄭明仁先生	老總書房
鄭天儀女士	大業藝術書店
林冠中先生	初文出版社
廖雋然先生	九龍舊書店
黎漢傑先生	今朝風日好
香港大學	香港收藏家協會